Le Monde d'Avant

roman d'anticipation autobiographique

Fabricio Pennini

ISBN : 978-2-9564329-0-6

à ma famille...

à mes amis...

Lundi 5 juillet 2094 hôpital de la Rochelle

Son grand-père lui parlait souvent de la mer : il lui racontait le tumulte des vagues, le vent gorgé de sel et de sable, le cri strident des goélands, le cycle des marées, la caresse suave des embruns, l'odeur des algues échouées au soleil... Le vieux se souvenait des vacances, chaque été, avec ses parents, et du sentiment de joie qui montait en lui quand sa mère lui tendait une pièce en disant : « Allez, Lucien, va t'acheter une glace. ».

Richard avait quitté San Diego précipitamment quand sa mère l'avait appelé : « Il faut que tu rentres en France, Ricky, Papy est au plus mal... »

Il n'avait pas réfléchi et avait attrapé le premier avion.

Il n'avait pas pris non plus le temps de s'arrêter dans la maison familiale, son taxi l'avait directement déposé à l'hôpital.

À l'entrée, il croisait son père en train de faire les cent pas dans le hall, « l'Américain » comme le surnommait Papy. Il avait pris un sacré coup de vieux, papa, ses cheveux neigeux était toujours là, mais commençaient à se clairsemer sur le haut du crâne. Il avait toujours ce regard d'acier et ces joues creusées qui le faisaient ressembler à un sénateur républicain, mais ce jour-là, le professeur Mitchell Brown, était l'ombre de lui-même. Son maître à penser, celui qui lui avait appris tant de choses, avec qui il avait travaillé, collaboré presque toute sa vie et dont il avait épousé la fille, était en train de quitter ce monde.

Il était dévasté, il y avait à peine un mois, ils étaient encore tous les deux dans le laboratoire en train de bricoler quelques appareils ou formules mathématiques. Mais Papy avait quatre-vingt-dix ans, son état s'était dégradé précipitamment après une mauvaise chute et les médecins n'étaient plus du tout optimistes.

« Come on my son! Va vite le voir, il veut te parler avant... »

***

Comme pour illustrer le caractère éphémère de son passage en ces lieux, son nom était inscrit au marqueur effaçable sur une plaque de vinyle accrochée à la porte : « Professeur Lucien Vainqueur ». Et en guise d'explication à son départ imminent, le texte commençait à s'effacer.

L'atmosphère d'une chambre d'hôpital au mois de juillet a toujours été un point d'interrogation pour Richard. Comment autant de clarté pouvait-elle lui faire ressentir autant de tristesse ?

Au milieu de cette pièce désolée, allongé dans ce lit blanc, il découvrait ce vieillard dont les yeux s'illuminaient à l'entrée du petit-fils qu'il admirait tant. Il était là, Papy, il l'attendait.

Malgré son grand état de fatigue, Richard ne pouvait s'empêcher de remarquer que le vieux avait toujours la grande classe. Avec sa longue barbe blanchie par les années et ses cheveux longs tellement abondants qu'ils recouvraient pratiquement tout l'oreiller sur lequel sa tête reposait, il faisait penser à un mage tout droit sorti d'un livre de Tolkien. Et toujours, ce sourire apaisant, ces grands yeux bleus verts d'eau qui le fixaient avec tendresse : « Mon fils… » Il considérait Richard comme le fils qu'il n'avait jamais eu. C'était un de ses regrets, ne pas avoir eu de garçon, « un p'tit gars » comme il aimait dire. Et finalement, sa fille Doris avait donné naissance à Ricky qui avait incarné pour lui le fils tant espéré.

Richard embrassait son grand-père, attrapait une chaise pour s'installer à son chevet et prendre de ses nouvelles : « Comment vas-tu Papy ? »

Lucien plissait les yeux. : « Mon fils, je crois que je suis foutu, le col du fémur à mon âge, c'est fatal, tu sais »

Comme une larme coulait sur la joue de Richard, il lui prenait la main : « Ne sois pas triste, fils, j'ai fait mon temps. J'ai eu une très belle vie, bien remplie, il est temps que je me repose. J'ai quatre-vingt-dix balais, je te rappelle »

Richard restait inconsolable : « Papy, il ne… »

Il ne lui laissait pas le temps de commencer sa phrase : « Laisse-moi te parler, je n'ai plus beaucoup de temps, p'tit gars… Tu te souviens de notre conversation de Noël dernier, quand on était parti marcher près de l'ancien phare ? »

Richard se souvenait. Chaque promenade avec son grand-père était pour lui un moment de bonheur, ponctué de conversations à la fois riches de tendresse et de drôlerie. Il avait le sentiment de toujours revenir de ces balades en ayant appris quelque chose de nouveau, d'être, à chaque fois, devenu plus cultivé, plus érudit, plus grand, plus armé pour la vie grâce aux paroles de ce grand-père adoré.

Richard lui confirmait : « Oui, bien sûr, tu m'avais dit que ton seul regret dans la vie, c'était de ne pas trouver une explication à tout cela et que c'est pour cette raison qu'avec papa vous aviez continué vos recherches… »

Lucien l'interrompait à nouveau : « On avait aussi parlé du dernier petit ami de ta sœur qui avait l'air aussi crétin que les précédents… »

Richard souriait.

Le vieillard continuait : « … Mais tu as visé juste, mon fils, c'est bien de mes recherches dont je veux te parler. »

Richard prenait un air concentré : « Je t'écoute, Papy. »

Lucien reprenait sa respiration et redressait sa tête : « Et bien, tu vois, je n'aurai pas réussi à faire aboutir mes recherches, et j'aimerais que quelqu'un poursuive après moi. »

Richard déduisait : « Papa va certainement continuer. »

Lucien levait les yeux au ciel tout en secouant la tête : « Oui, mon fils, il va continuer, mais il n'y arrivera pas seul. Tu vois, mon fils, j'aime énormément ton père, la preuve, je lui ai laissé épouser ma fille. C'est un excellent scientifique, il a de grandes capacités de travail et de concentration, mais… »

Richard préférait l'interrompre : « Mais ? »

Lucien grimaçait : « … Ce brave, Mitch… Je le connais tellement bien. Il lui manque, l'audace, la folie. Là, il ne s'agit pas de résoudre une équation aussi complexe soit-elle, il faut réussir à trouver l'origine d'un phénomène hors norme, mon fils. La logique mathématique ne suffit plus, il faut chercher au-delà. Et, TOI, tu as cet imaginaire qui va lui manquer. TOI, tu es téméraire alors que lui, sorti de son labo, tout le terrorise. Toi, tu apprends et tu t'adaptes vite. Non, je ne vois que toi pour poursuivre. »

Pour la première fois, le regard de Richard semblait assombri par une forme de fébrilité que son grand-père ne lui connaissait pas : « Mais Papy, je n'y connais rien, je... »

Lucien reprenait sur un ton rassurant : « Ton père te soutiendra sur le volet technique, pour le reste, je voudrais que tu reprennes tout à zéro. Il faut un œil neuf. »

Il ouvrait le tiroir de la table de nuit, en sortait un petit objet et le tendait à Richard : « Un disque dur ? Mais papy, plus personne n'utilise ça. Il y a des cartes mémoire dix mille fois plus puiss...»

Le vieux le coupait : « On s'en fout ! Ce disque contient tous mes travaux, tous les documents et informations que j'ai pu réunir depuis que je travaille là-dessus. Tu trouveras aussi mes mémoires, ça peut t'aider à comprendre comment était le monde d'avant et surtout, j'y révèle des choses que tu n'as jamais entendues au journal télévisé... »

Richard avait pris le disque dur entre ses mains et le contemplait distraitement : « Papy... Je ne suis pas sûr... »

Lucien se redressait et le prenait dans ses bras, ses yeux se mettaient à briller jusqu'à ce que des larmes s'échappent. C'était la première fois que Richard

voyait son grand-père pleurer : « Fais ça pour la mémoire de notre famille, mon fils ! Et fais-moi un câlin, que je profite encore un peu de toi. »
Et ils s'étreignaient longuement dans le silence de cette chambre blanche.

***

Richard rendait visite à son grand-père tous les jours qui suivaient. Chaque fois, le vieux Lucien semblait de plus en plus en forme et la famille commençait à reprendre espoir. Mais, au milieu d'une nuit, son cœur s'arrêtait. Lucien était parti un quatorze juillet.
Ses cendres étaient répandues au pied du vieux phare qu'il aimait tant. Ce bâtiment qui tout comme lui était un vestige du monde d'avant.

***

Avant de repartir en Californie, Richard avait une conversation avec son père : « Papy m'a demandé de t'aider dans tes recherches… »
Mitch était visiblement au courant : « Je sais, Ricky, il m'a prévenu. Ça me ferait plaisir à moi aussi, you know… »
Richard faisait la moue, le regard fixé dans le vide comme pour mieux réfléchir : « Je vais retourner à San Diego et étudier les documents de Papy. Si je pense que je peux faire quelque chose, je verrai pour me dégager du temps libre et venir te rejoindre. »
Mitch était d'accord : « Ton grand-père m'a demandé de te laisser chercher seul, at first time, il ne voulait pas que je t'influence et que tu ne voies pas d'autres directions que celles que nous avons prises. So, it's ok. »

Prends le temps qu'il faut, Sonny, Dad's expecting you... »

Richard se sentait incapable de réaliser un tel travail, mais il ne disait rien. Son père avait l'air tellement convaincu qu'il réussirait, il ne souhaitait pas réduire à néant ses espérances.

Toutefois, même s'il prenait sur lui, Richard était un peu agacé que ses proches ne jurent systématiquement que par sa personne. Il était à leurs yeux, le plus intrépide, le plus courageux et le plus brillant. Pourtant, il n'était pas le seul à avoir réussi dans la famille, mais lui, il avait fait carrière aux.... États-Unis ! Et même si le pays de l'oncle Sam ne faisait plus rêver comme par le passé, dans la famille, cette fascination pour ce que l'on n'appelait plus le Nouveau Monde depuis longtemps, continuait de perdurer.

Ils conservaient en eux comme un trésor, l'esprit de cet âge révolu, celui du monde d'avant. Et cette fascination des Européens pour l'Amérique, faite à la fois de détestation et d'envie, en faisait partie. Le parcours de Richard incarnait parfaitement le fameux American Dream dont on parlait tant dans le monde d'avant.

Richard n'avait pourtant pas toujours été aussi valeureux. Enfant puis adolescent, il avait enchaîné les punitions, les retenues, les bagarres, les mauvais résultats scolaires, les jambes cassées, puis les fugues, les cuites, faisant sans cesse prononcer à ses parents le refrain : « Qu'est-ce qu'on va faire de lui ? ».

Il avait à peine dix-huit ans, quand il quittait le cocon familial pour vivre sa vie d'homme. Sans diplôme, il enchaînait les sales boulots pour ne surtout pas dépendre de sa famille. Il travaillait consécutivement comme ouvrier agricole, employé de fast-food, agent d'entretien, veilleur de nuit.

Puis il avait eu cette opportunité d'obtenir un job dans le parc d'attractions Disney World en Floride. Le géant du dessin animé, en manque de personnel, proposait à de jeunes européens l'opportunité de venir travailler dans son parc d'Orlando, voyage et hébergement payés. Franco-américain et bilingue, Richard n'avait eu aucun mal à se faire embaucher. Il savait que les conditions de travail seraient rudes, mais il voyait là une bonne opportunité de prendre la poudre d'escampette, de commencer enfin cette aventure dont il rêvait depuis l'enfance.

Depuis, il n'y avait plus de départ depuis la France vers l'Amérique sans que Richard n'ait une pensée pour ce premier voyage. Il se remémorait à chaque fois cette excitation, mais aussi cette appréhension d'aller rencontrer l'inconnu. Et à chaque vol, il sentait cette boule se former dans sa gorge.

Le voyage qui suivait le décès de son grand-père était différent. Richard avait l'esprit trop occupé par les derniers mots de Lucien pour passer le temps à évoquer ses débuts. Les questions fusaient dans sa tête. Son cerveau était en ébullition, la machine Richard Brown se remettait en route.

Une fois bien installé dans l'avion, il allumait son ordinateur portable, branchait le disque dur que lui avait confié son grand-père et ouvrait le fichier intitulé : « Lucien Vainqueur, mémoires »

Fabricio Pennini

Lucien Vainqueur
Mémoires

Avant-propos

Je n'avais pas envisagé d'écrire un jour mes mémoires. D'une part, mes travaux me laissaient peu de temps, d'autre part, je trouvais que ce genre d'exercice était réservé à des personnalités bien éloignées de la mienne. Je pensais que seuls les hommes politiques, les stars du showbiz, ceux dont l'ego ne touche plus le sol depuis longtemps, pouvaient encore se risquer à se raconter, enfilant la panoplie du héros mythologique à la recherche d'une certaine forme d'éternité. Je détestais ces caractères narcissiques, sans cesse en recherche de reconnaissance, à l'affût du moindre compliment, aussi peu sincère soit-il.

C'est un sentiment que mon père m'avait transmis. Aux environs de ma naissance, il avait été le témoin d'un basculement progressif de la société vers un individualisme décomplexé qui se traduisait par une tendance à l'exagération de l'amour de soi, mais aussi par la disparition de toute considération pour autrui. Mon père, en bon révolté en espadrilles, lançait de grandes tirades faisant le constat de l'égoïsme croissant de cette société dans laquelle il ne se reconnaissait plus : « Putain d'zob ! Tu peux plus croiser quelqu'un dans la rue sans qu'il te bouscule ! Si tu ne t'effaces pas, c'est la collision assurée ! Parfois, j'ai l'impression, que je suis transparent tellement ils en ont rien à foutre de ma présence. Il leur faut tout pour eux, surtout ce dont ils n'ont pas besoin. Tu ne peux pas faire la queue sans qu'on essaye de te passer devant, tu ne peux plus prendre ta voiture sans qu'on essaye de te doubler, de te klaxonner, de te piquer la dernière place de parking, et peu importe la manière du moment que le résultat est là ! Et dans les entreprises, combien de ces spécimens sont capables de mettre un collègue en difficulté juste pour se faire bien voir, espérer une promotion ? Même au sein d'une même famille, on va jusqu'à traîner ses proches dans la boue pour trois meubles, lors d'un divorce, d'un héritage. J'ai l'impression que les gens sont de plus en plus convaincus que s'ils ne t'ont pas, c'est toi qui les auras. On avait les philosophes du *pas vu, pas pris* qui étaient déjà bien secoués dans leur genre, mais qui avaient au moins conscience de faire quelque chose de pas correct, du coup, ils se cachaient. Mais là, on ne se rend même plus compte que l'on nuit, cela va bien plus loin, le manque de considération pour l'autre est assumé. Ils trouvent ça normal, ces cons. L'égoïsme dépasse le respect des autres. On s'aime tellement qu'on déteste le reste de l'humanité. Par contre, ça pour s'aimer, ça, on s'aime ! On se trouve tellement beau qu'on se prend soit même en photo avec son téléphone. Le smartphone, mon seul ami, le seul que je n'arnaque pas, ce que je ne vois pas, c'est que c'est lui qui passe son temps à m'arnaquer avec ses applications indispensables à ma survie. En plus, ces crétins, plus ils détestent les autres, plus il faudrait qu'on les aime, qu'on les admire, qu'on se mette à genoux devant eux. Alors ça prend des coachs pour donner l'illusion d'être une personne exceptionnelle que tout le monde va admirer. On apprend à être les plus forts en sport, en classe, en chant, en séduction, en cuisine... en arnaque, oui ! Là, c'est sûr, ils excellent, ces tocards ! Putain d'zob ! Non, décidément, plus je vieillis plus je les devine, ces tocards, et je me dis qu'elle est laide l'humanité, très laide. Non, vraiment, je me sens de moins en moins à ma place dans ce désert d'indifférence... »

Avec ma mère, nous l'écoutions religieusement, il avait des arguments très pertinents, c'était un homme qui aurait pu renouveler le discours politique, instaurer une vraie révolution, mais il se sentait trop en dehors du système pour y parvenir et il n'en avait pas vraiment envie. Et puis, il avait sa musique qui lui prenait tout son temps. Il était tellement malheureux de vivre dans un tel monde, que sans sa musique, il n'aurait pas survécu. Il écrivait des chansons qu'il interprétait en s'accompagnant à la guitare, il jouait dans des groupes, mais n'avait jamais voulu pousser la porte d'une maison de disque, sa phobie de l'égocentrisme lui faisant détester le monde du spectacle. Il préférait jouer pour des gens qu'il aimait. Les paroles de ses chansons et ses coups de gueules enflammés ont agréablement bercé mon enfance et mon adolescence. Et ses propos m'ont très souvent convaincu. Mon père m'a appris à penser par moi-même, à ne jamais me faire influencer. Et de cet héritage, je garde entre autres cette détestation pour les personnes qui se sentent tellement importantes qu'elles ressentent le besoin d'écrire leurs souvenirs, juste pour tirer leur plaisir de compliments forcés par la politesse.

Je ne pensais pas un jour, venir grossir les rangs de ces assoiffés de reconnaissance, mais, j'ai travaillé pendant plus de trente ans à essayer de trouver une explication au phénomène le plus époustouflant que l'humanité moderne ait pu connaître et je commence à me faire vieux. Je me dis que ce n'est sûrement pas moi, ni peut-être les prochaines générations qui trouveront et je souhaite que ces mémoires puissent être utiles à ceux qui suivront, dans l'espoir qu'un jour, nous soyons enfin en mesure de savoir.

Je me dis qu'il est temps, tant que ma mémoire est encore intacte de conter ce qu'était le monde d'avant à ceux qui ne l'ont jamais connu, d'expliquer ce phénomène extraordinaire dont j'ai été un des témoins et qui a littéralement changé nos vies.

Je ne sais pas encore qui lira cet ouvrage, car je ne le donnerai qu'à une seule personne, quand il sera temps pour moi de passer la main, de transmettre. Cette personne, je la choisirai pour sa capacité à reprendre mes travaux et elle seule décidera ensuite à qui elle permettra à son tour de lire mes écrits.

A ce jour, je ne sais pas encore qui me succédera. Ces pages ne sont pas écrites dans la perspective de ressentir l'orgasme sordide que certains éprouvent à mariner dans une sauce de louanges sournoises crachées par une cour d'admirateurs béats. Il est d'ailleurs plus que probable qu'aucun ne puisse les consulter de mon vivant.

Le Monde d'Avant

Ce qui m'a construit

Je suis né dans la ville de Bordeaux au tout début d'un siècle qui commençait très tragiquement, avec les attentats du 11 septembre.

Mes parents y menaient une vie paisible dans un appartement du quartier hispano-portugais, dernier endroit de la ville où les loyers restaient encore abordables. C'était un lieu à part, une verrue dans la belle ville bourgeoise, un endroit que la mairie avait oublié d'intégrer à son plan d'urbanisme.

Les trottoirs étaient abîmés, rapiécés avec les moyens du bord, la chaussée était complètement défoncée par les couches successives de goudron appliquées tous les quatre ou cinq ans pour tenter de cacher la misère.

Le centre névralgique du quartier était une longue artère répondant au doux nom de « cours de l'Yser » qui allait de la place Nansouty jusqu'à la halle du marché des Capucins. Cette rue, longue de deux bons kilomètres, était scindée en deux parties bien distinctes : une première allant de la place Nansouty à la rue Lafontaine qui croisait l'artère en son milieu, avec essentiellement des habitations de plus en plus investies par la classe moyenne et la classe plus aisée, un lycée, une école et le vieux cimetière juif. Cette partie était bordée d'arbres de ville maigrichons au feuillage gris vert qui, chaque printemps, crachaient une sève colleuse, et, les carrosseries des voitures qui avaient eu la mauvaise idée de stationner là, se retrouvaient abondamment souillées. La deuxième partie, commençait à la rue Lafontaine pour se terminer à l'orée du marché des Capucins. Dans la multitude de bars qui jonchaient cette partie du cours de l'Yser, toutes les communautés se croisaient : les ouvriers du bâtiment pour la plupart portugais, mais aussi bulgares ou roumains, venus se rafraîchir le gosier entre deux chantiers, les quelques vieux espagnols qui n'étaient pas rentrés au pays après la retraite et qui aimaient venir aboyer à bâtons rompus dans la langue de Cervantès, les étudiants fêtards qui venaient chercher ici les consommations les moins chères de la ville, les retraités portés sur la boisson qui trouvaient plus agréable de passer du bon temps au bistrot plutôt que de faire vieillir leur carcasse à regarder à la télévision les programmes mollassons de l'après-midi, les marginaux de tous bords, hébergés dans le quartier qui n'auraient manqué pour rien au monde une journée au comptoir.

On pouvait aussi trouver quelques bouis-bouis capverdiens où les odeurs de poissons boucanés se mélangeaient à de la musique créole jouée trop fort. Ces établissements étaient tellement fréquentés que cette clientèle bigarrée débordait largement sur les trottoirs, et il n'était pas rare d'entendre quelques sifflets au passage d'une étudiante bon chic bon genre, cette dernière pressant le pas et baissant la tête en maudissant ses respectables parents de lui avoir trouvé un appartement dans ce lieu de perdition. Il y avait toujours énormément de passage, des piétons, des vélos, des scooters, des motos, mais aussi des voitures qui filaient dans tous les sens klaxonnant, accélérant violemment, pour toujours finir par se garer en double file ou sur les trottoirs, mais jamais loin des bars.

Nous habitions dans la partie la plus calme du cours de l'Yser, mais à quelques mètres de la limite avec la zone plus animée, et comme nous circulions énormément à pied, nous baignions sans cesse au milieu de cette faune riche en couleur. Tous ces personnages, malgré leurs têtes de pirates et toute l'agitation qu'ils pouvaient produire, ne me paraissaient ni agressifs, ni menaçants. Il pouvait arriver qu'il éclate une bagarre de cour d'école à l'occasion, mais cela prêtait plus à sourire qu'à craindre pour sa sécurité. C'est ainsi que dès mon plus jeune âge, mes parents me promenaient au milieu de ce décor qui aurait pu servir à tourner une suite à « Affreux, sales et méchants ».

J'ai fait toute ma scolarité dans ce quartier, de la maternelle au baccalauréat. La cour était une formidable mixture d'enfants issus de tous les milieux, car il n'y avait pas que des gens défavorisés qui vivaient dans le secteur. Une partie de la bourgeoisie s'étaient prise d'amour pour le côté populaire, un rien rive gauche parisienne du quartier, notamment grâce au marché des Capucins avec ses joueurs d'accordéon, ses dégustations d'huîtres sur le pouce et ses vendeurs de légumes, déguisés en agriculteurs pour mieux écouler les stocks de marchandises non calibrées de la grande distribution. Cet intérêt pour le quartier était né aussi de la possibilité de s'offrir ici un logement bien plus vaste et cossu que dans un arrondissement plus huppé. La tentation d'être un borgne au royaume des aveugles leur était irrésistible. Et, pour se justifier d'avoir fait le choix de vivre dans des quartiers populaires, ils se gargarisaient de belles considérations socialisantes pour les habitants de ces lieux, se proposant d'être les artisans de l'amélioration de la vie de quartier. Ils étaient là, souvent, à l'entrée de la halle, à faire signer une pétition ou à distribuer quelques tracts contre l'utilisation de pesticides, pour la régularisation des sans-papiers, contre l'implantation d'un Mc Donald, pour la construction d'un jardin partagé, contre la faim dans le Monde, pour la création d'une piste cyclable...

Quelques parents de mes camarades de classe faisaient partie de ces personnes prenant la défense de toutes ces nobles causes. Ils se sentaient investis d'une mission d'acceptation de l'autre, de tolérance et de paix.

De mes yeux d'enfants, je percevais sans le comprendre une limite à cette bienveillance. Par exemple, je ne parvenais pas à saisir pourquoi ils m'invitaient systématiquement à l'anniversaire de leurs enfants alors que mon ami Harry, né de parents camerounais, ne l'était jamais. Pourtant, il était aussi bon camarade que moi ? Difficile aussi pour moi de saisir pourquoi ces mêmes enfants étaient tous partis faire leur classe de sixième dans des établissements privés éloignés, alors que mon ami Harry et moi, effectuions notre rentrée dans le collège public du secteur. Était-ce parce que, comme je l'avais entendu dans les conversations entre parents à la sortie de l'école, cet établissement était très mal fréquenté ? Sûrement pas, car avec Harry, nous avions trouvé un collège avec des camarades aussi loyaux et sympathiques que ceux rencontrés en primaire. Cela restait pour moi un grand mystère.

Mon père ne supportait pas d'entendre ces discours de parents dont les frontières du militantisme se situaient aux abords de leurs nombrils bedonnants. Pour m'attendre à la sortie de l'école, il s'écartait toujours suffisamment loin de la porte pour ne pas avoir à entendre leurs conversations de faux jetons.

Quand avait lieu la kermesse de fin d'année, papa ne restait que le temps de la prestation de ma classe, il rentrait à la maison, laissant ma mère aux prises avec cette horde d'humanistes de salon. C'est aussi maman, pour les mêmes raisons, qui assistait aux réunions de parents d'élèves, et quand elle était retenue par son travail, mon père la remplaçait la mort dans l'âme, et, à son retour, il nous faisait des comptes-rendus édifiants de l'assemblée, racontant comment untel s'était illustré, s'efforçant de donner l'image d'un parent concerné par le devenir de son enfant, comme pour mieux exhiber sa vanité.

Mon père faisait un parallèle avec sa scolarité, il disait que l'école était un lieu où l'on rencontrait tout le monde y compris ceux que l'on n'avait pas envie de côtoyer. Lui, enfant, il avait eu du mal à supporter ceux qu'il appelait les « fayots », voir les « collabos », prêt à tout pour se faire bien voir, levant frénétiquement le doigt pour réciter par cœur une banalité qu'ils estimaient pertinente. À la fin de ses études, il avait pensé être débarrassé de ce genre d'énergumène, mais voilà que c'était encore au sein même de l'école qu'il devait à nouveau croiser leur route.

Alors, pour s'occuper dans ces réunions qui lui paraissaient très longues, il leur trouvait des surnoms.

Je me souviens particulièrement d'une maman qu'il avait affublée du sobriquet de « Connasse à la Contrebasse », d'une part parce que les fréquences graves de son instrument ventripotent venaient étoffer l'armée de fausses notes de tous les chants de toutes les classes, de toutes les kermesses, de toute ma scolarité, mais aussi parce qu'à chaque grand-messe des parents d'élèves, elle se sentait obligée de pousser un coup de gueule, toujours plus théâtral, singeant les poètes maudits. Lors d'une de ses interventions les plus mémorables, elle avait demandé aux enseignants de faire en sorte qu'il y ait moins de crottes de chien sur les trottoirs aux abords de l'école. Il fallait écouter mon père, ce soir-là, à table, en train de l'imiter, tout en mimant les gestes appliqués du contrebassiste.

Cela me faisait énormément rire, d'autant que dans « Connasse à la Contrebasse », il y avait un gros mot, ce qui me rendait encore plus hilare. Mon père ne s'est jamais interdit de prononcer quelques grossièretés en ma présence. Pendant que d'autres mettaient un point d'honneur à instaurer la censure à grands coups de « boites à gros mots », mon père proclamait haut et fort que le vocabulaire grivois faisait partie intégrante de la langue française et de sa littérature. Selon lui, celui qui maîtrisait ce vocabulaire était le roi du monde du moment qu'il était en capacité de se retenir de l'utiliser quand le moment ne s'y prêtait pas. Il définissait ainsi la vulgarité : « Le Vulgaire est celui qui sans conscience laisse fuir les mots crus de sa bouche, le Poète celui qui sait fleurir sa prose à l'instant de son choix ».

J'ai vécu une enfance heureuse de fils unique, très aimé, toujours considéré et valorisé, mais jamais gâté avec excès. Mes parents m'ont appris à me contenter de ce que j'avais, à ne pas me comparer aux autres.

Certains diront qu'ils n'avaient pas le dernier modèle de téléphone portable, je dirais que je n'en avais pas vraiment. Mes parents en mettaient un à ma disposition uniquement pour des occasions particulières, lorsque j'avais besoin d'être joignable, pour une sortie sportive, scolaire ou un déplacement seul dans la ville. Bien sûr, j'avais souvent la sensation de ne pas avoir été éduqué à mon époque, c'était parfois dur pour moi de me retenir de me comparer à mes camarades. Toutefois, avec le recul, je n'en garde que du positif. Cette éducation m'a donné le goût de la curiosité, de la créativité, de l'imagination, de l'esprit de décision. Tout ce qui a cruellement manqué à ma génération, pour laquelle tout était préfabriqué, dicté d'avance : il faut manger cette nourriture, s'habiller de cette manière, écouter cette musique, voter pour ce bonhomme, voir ce film, faire cette école, posséder ce type de voiture, ce genre de maison, cette machine à café, cet aspirateur... La génération « il faut... » , des zombies téléguidés ne s'intéressant qu'à ce qu'on leur montre, conditionnés pour être incapables d'aller voir ailleurs si l'herbe est plus verte.

Mes parents s'étaient rencontrés huit ans avant ma naissance à la faculté d'Histoire de l'Art. Si ces études ne leur avaient pas servi à trouver un métier, elles avaient fait ressortir en eux un goût prononcé pour les arts, la musique et le cinéma. Ils avaient rencontré une période de vaches maigres après leurs études, puis, ma mère avait fini par travailler dans un magasin de vêtements pour enfants et mon père avait pu obtenir un emploi de travailleur social grâce à mon grand-père qui avait fait carrière dans le domaine de l'insertion. Nous n'étions pas riches, mais avions de quoi vivre dans le bonheur, se payer quelques loisirs et partir en vacances une fois par an.

J'étais heureux à tous moments de l'année. J'aimais l'école, car j'y trouvais des camarades, moi qui n'avais ni frère, ni sœur, mais aussi parce que j'y apprenais, surtout pendant les cours d'histoire et de sciences qui me passionnaient. J'ai la chance d'avoir toujours été assoiffé de connaissances, et de m'intéresser à beaucoup de sujets, ce qui m'a bien aidé dans mes études. Bien sûr, j'aimais aussi les vacances, car mes parents m'organisaient un programme particulièrement excitant, surtout pour les vacances d'été, les fameuses « Grandes Vacances ».

Pendant le mois de juillet, j'alternais le centre aéré, qui organisait de multiples sorties vers les plages océanes, avec des journées passées chez ma grand-mère de Bordeaux qui trouvait toujours une activité créative à me faire réaliser. Puis, je partais passer quelques jours chez mon autre grand-mère qui vivait au bord de l'océan. Là, je faisais le plein de baignades, de surf, de glaces et de gaufres. Au mois d'août, mon père étant souvent en congés quelques jours avant ma mère, nous partions entre hommes passer du bon temps chez mon grand-père dans les Landes, où nous retrouvions ma famille, plus nombreuse du côté de mon grand-père, pour des journées de bonheur au bord de la piscine, du terrain de boules et du barbecue.

Enfin, le reste du mois d'août nous était consacré à tous les trois, maman, papa et moi. Nous partions pour un périple le plus souvent en Espagne ou au

Portugal, en camping ou en location selon les finances. Nous allions chercher le soleil, le dépaysement et le bonheur d'être les uns aux autres pour quelques semaines. Nous en profitions pour visiter les curiosités de la région, le plus souvent à l'initiative de ma mère, car c'était elle qui avait le goût le plus prononcé pour les musées, les monuments historiques et tous les sites qu'il fallait découvrir. Je lui dois cette curiosité érudite pour tous les arts, assorti de cette passion pour l'histoire. Je marchais à peine qu'elle me faisait entrer dans tous les musées et monuments de la ville. Maman me traînait partout, me laissant me faire l'œil tranquillement, à mon rythme, de la flèche Saint-Michel, point culminant de Bordeaux, gardée par ses inquiétantes gargouilles au musée d'Aquitaine et son exposition permanente sur l'esclavage, du musée des arts décoratifs et sa collection de meubles du dix-huitième siècle au musée des Beaux-Arts, dans lequel quelques œuvres de Rubens, Delacroix, Corot, Renoir, Braque, Dufy, Matisse ou Picasso côtoyaient celles d'artistes locaux plus modestes, mais toujours adulés par les chauvins bordelais.

C'était dans ce cocon de bonheur que je faisais ma scolarité jusqu'à mes deux années de mathématiques supérieures. J'étais un bon élève, travailleur, contrairement à mes parents qui reconnaissaient volontiers l'avoir été beaucoup moins. Mon assiduité m'avait permis de décrocher le concours d'entrée à l'école nationale de météorologie de Toulouse, motivé par mon goût pour les sciences, mais aussi par ma passion pour le surf qui me poussait à tout vouloir connaître sur les courants marins et le mécanisme des vagues. Depuis l'enfance, j'avais le besoin de chercher, d'imaginer, de concevoir. Dès que j'avais l'occasion d'être seul avec ma mère, mon père, un ami ou un autre membre de la famille, je lui faisais part de mes idées d'inventions. Et mes parents disaient régulièrement, dissimulant à peine le secret espoir que cela se réalise : « On en fera un prix Nobel ! »

Mes parents sont parvenus à me faire vivre une enfance heureuse sans me dissimuler les drames de notre société. Les médias de l'époque ne parlaient que de dettes, de crises économiques, de scandales, d'évasion fiscale, de faits divers, de meurtres, de terrorisme, de réfugiés, de migrants, d'immigrés, d'étrangers… Et à tout cela, il fallait trouver des coupables, ce qui décomplexait la haine, le racisme, la xénophobie. Les discours nationalistes captaient chaque jour l'attention de davantage de personnes devenues amnésiques, oubliant les horreurs vécues soixante ans plus tôt, préférant tourner le dos à l'histoire pour mieux servir leurs égoïsmes. Je voyais mes parents frémir à chaque élection, craignant de voir les partis d'extrême droite prendre le pouvoir. Même si cela ne m'était pas indifférent, j'avais pour moi ma légèreté, mon imaginaire, le monde tel que je le voyais de mes yeux, ne me paraissait pas tout à fait le même que celui dans le poste de télévision et j'étais très heureux d'être là où je me trouvais, finalement.
J'ai conservé cette légèreté pendant la moitié de ma vie, jusqu'à ce qu'arrive ce phénomène extraordinaire qui nous a fait passer dans le monde d'après. Dès cet instant, je n'ai plus jamais été le même homme. Je m'entêtais dès lors à chercher la raison de cette

catastrophe, vivant reclus au fond de mon laboratoire, tel un ermite.

Après mes études d'ingénieur météorologue, j'avais obtenu un poste aux environ de La Rochelle dans un laboratoire chargé de travailler sur la météo marine.

Là-bas, j'avais rencontré ma femme, Louisa, avec qui j'avais eu une fille, Doris. Nous coulions tous les trois des jours heureux dans une minuscule bicoque à la sortie d'une toute petite ville côtière, Port-des-Barques, située en face de l'île Madame. Cette île avait la particularité d'être si proche du continent qu'elle n'était plus entourée d'eau à marée basse. Pour y accéder, on pouvait même emprunter une route qui restait complètement immergée pendant la pleine mer. La maison, légèrement en hauteur, surplombait toute la baie, et, tous les trois, nous aimions passer nos soirées d'été sur la terrasse à regarder scintiller les lumières des bateaux. Quand ils travaillaient encore, mes parents venaient passer de nombreux week-end, puis, à leur retraite, ils quittaient Bordeaux pour venir s'installer à Port-des-Barques, dans un petit appartement au centre du bourg.

Avec mon père, nous partions régulièrement à « la pêche aux cailloux », c'est ainsi que papa avait surnommé le ramassage des fruits de mer que nous avions déjà l'habitude de faire ensemble depuis mon plus jeune âge. Nous ne pouvions passer un séjour en bord de littoral sans tenter d'extraire du milieu aquatique quelques crabes, bigorneaux, coques ou palourdes. Toujours fiers, nous présentions notre butin à ma mère, chaque prise donnant prétexte à un récit épique narrant comment nous avions pris tous les risques au milieu des rochers menaçants pour venir à bout de tel terrible mollusque ou de tel redoutable crustacé. Ma mère faisait semblant de s'extasier comme les héroïnes des films hollywoodiens des années 1950 et nous étions aux anges. Cette tradition de « la pêche aux cailloux » nous était restée, et, si autrefois les occasions de taquiner les coquillages restaient exceptionnelles, avec l'arrivée de mes parents à Port-des-Barques, notre pratique de ce noble sport était devenue beaucoup plus régulière, mais, le plaisir restait intact, comme au premier jour.

Je peux dire que ces années passées à Port-des-Barques ont été avec celles de mon enfance, les plus belles de ma vie, les dernières passées dans le monde d'avant.

Mardi 19 janvier 2049- 9h35
Laboratoire de Météorologie, Châtelaillon-Plage

Depuis quelques années, le constat avait été fait que la mécanique d'érosion du littoral s'était inversée, l'océan reculait très lentement. Comme j'étais spécialisé dans les courants marins, j'étais chargé de surveiller et d'analyser ce phénomène, en réalisant notamment des relevés permettant la détermination des traits de côte (limites entre terre et mer). Je partageais donc mon temps de travail entre plages, falaises et laboratoire.

Ce matin-là, vu le froid qu'il faisait, je n'étais pas fâché de travailler au labo.

Je venais d'arriver et j'étais en train de me faire un café lorsque Dumont entrait dans mon bureau.

Ah ! Julien Dumont ! Au labo, il faisait partie des meubles. Tout comme moi, il était ingénieur, mais cela faisait longtemps qu'on ne lui avait plus confié grand-chose. Depuis que sa femme l'avait quitté pour partir avec son professeur de marche nordique, le pauvre Dumont faisait une dépression de tous les diables, mélangeant alcools et tranquillisants. Il avait à peu près mon âge, mais en paraissait dix de plus. Quand on le voyait maintenant, il était difficile d'imaginer que Julien avait eu un jour une pratique intensive du sport. Il avait été un grand gaillard blond aux yeux bleus, mais son corps avait fini par se voûter et sa calvitie gagnait du terrain d'année en année. Avec l'alcool, son visage avait gonflé et son teint avait pris des reflets roses violacés. Ses addictions avaient aussi interféré sur son comportement. Désormais, il comblait sa tristesse et sa solitude par une utilisation boulimique de la parole qu'il avait tendance à monopoliser sans écouter ses interlocuteurs. Cela avait tendance à agacer comme à parfois provoquer l'hilarité tant ses théories pouvaient être autant farfelues que délirantes. Il faut dire qu'il lui arrivait de venir au travail encore ivre de la veille, et c'était là qu'il se lançait dans de grandes théories que lui seul était en mesure de comprendre, des réflexions philosophiques de comptoir, et là, malheur à celui que Dumont avait choisi comme interlocuteur favori, car il était très malaisé de se défaire de ses griffes, son manque de discernement lui occultant toute faculté à déceler chez l'autre le moindre signe d'agacement qu'il soit physique ou verbal.

Malgré tout, nous l'aimions bien, c'était un brave type, qui aurait donné tout ce qu'il avait pour ses collègues et nous faisions notre possible pour cacher son alcoolisme à la haute autorité. Son boulot était son seul lien avec l'humanité, le seul fil qui le rattachait encore à la vie et tout le labo avait conscience que la perte de son travail entraînerait sa chute. Habituellement, les ordres émanaient de Marwani le directeur du labo, comme il était au courant pour

Dumont, cela ne posait pas trop de problèmes pour réussir à le couvrir.

Mais ce jour-là, Dumont entrait, hystérique, son visage de poupon flétri était encore plus rougeaud que d'habitude : « Lucien ! Tu devineras jamais ! »

Je tentais une réponse pleine d'ironie : « Laisse-moi réfléchir, Julien, tu t'es trouvé une femme, c'est ça ? »

Il haussait les épaules : « Nan, t'es con... Non, j'suis convoqué à Paris ! Au ministère ! Avec toi ! »

Je m'étonnais : « Ah bon... Mais pourquoi faire ? »

Il n'en savait pas davantage : « Y disent pas dans le mail. T'as pas eu le mail, toi ? »

Je lui confiais : « Je n'ai pas encore regardé, tu sais, moi, le matin, tant que je n'ai pas bu mon café... »

Julien m'interrompait levant vers le ciel un doigt moralisateur : « Putain Lucien ! C'est pas croyable... Tout l'monde ici... Vous êtes accro à la caféine... Je vous l'dis tout le temps... Vot' café, c'est une putain de drogue... Faites gaffe, putain... Regarde, moi, j'en bois pas une goutte de cette merde et j'suis toujours frais et dispo... Et toi, si un jour, en Colombie, El Gringo décide de faire le blocus de ta putain de saloperie de caoua, tu vas faire comment ? Et bien, moi, j'vais t'le dire... Tu pourras plus bosser, tu seras plus qu'un légume incapab' de rien ! Non, sérieux, Lulu, t'es un ami et ça me fait chier de te voir te détr... »

Je préférais abréger : « Stop ! Julien, c'est bon ! Ne commence pas dès le matin. Je vais lire mes mails et on en reparle. »

Je n'aimais pas l'envoyer sur les roses, mais si je ne voulais pas entendre ce chevalier Bayard imbibé de Côtes du Rhône me sermonner pendant une heure, il valait mieux couper court comme disait l'adjudant-chef responsable du service coiffure de la caserne.

En terminant mon café, je réfléchissais, cette convocation à Paris, ça m'intriguait, qu'est-ce que le ministère pouvait bien me vouloir, et surtout pourquoi fallait-il que je vienne avec cette vieille carcasse de Julien Dumont ?

Je fonçais consulter mon ordinateur pour essayer d'en savoir davantage. Le fameux mail ne m'en apprenait pas plus. Nous étions convoqués tous les deux au ministère de l'Environnement le 10 février à 9 heures. Nous avions rendez-vous avec une certaine Jaane de Reech du cabinet du ministre, pas plus de détails. Je me décidais à aller trouver Marwani pour savoir s'il était au courant de quelque chose.

Idir Marwani était notre directeur. Il avait la cinquantaine, portait des costumes sombres très élégants, arborait un regard ombrageux et une chevelure noire dont il cachait l'aspect crépu sous des tonnes de brillantine, ce qui le faisait ressembler à Rudolf Valentino. Marwani avait toujours été complexé par ses racines orientales. C'était quelqu'un de très brillant, mais il s'était persuadé que ses origines étaient incompatibles avec la réussite. Alors, il essayait de se donner l'allure la plus occidentale possible.

Il était dans son bureau en train de dicter un courrier à Jennifer, la petite jeune qui avait intégré l'équipe six mois plus tôt. Elle remplaçait Madame Gondriaud qui avait pris sa retraite après quarante ans de bons et loyaux services. Force était de constater que Marwani sollicitait bien davantage cette nouvelle recrue que la bonne Madame Gondriaud. Était-ce parce que la petite savait mettre en avant quelques éléments de sa plastique que nul homme ne pouvait ignorer, je me gardais bien de tout jugement, simplement, le boss semblait très épanoui depuis six mois. Ce qui le trahissait, c'était l'air coupable qu'il arborait chaque fois que l'on pénétrait dans son bureau et qu'elle était avec lui. Je prenais toujours un malin plaisir à entrer aussitôt après avoir frappé, sans attendre une invitation à ouvrir la porte. Il prenait immédiatement l'expression du galopin surpris la main dans le bac à sucettes de l'épicerie du coin, puis se ravisait pour me dire d'un air sévère : « Vous pourriez attendre avant d'entrer, Vainqueur ! ».

J'avais aussi remarqué que ce brave Marwani évitait au maximum d'évoquer l'existence de son épouse en présence de la belle Jennifer, laissant ainsi entendre qu'il était célibataire, donc disponible, et, mon autre plaisir était de lui demander des nouvelles de « madame » devant la jouvencelle. Cela avait pour effet d'assombrir son regard, ses yeux me lançant quelques éclairs qui me laissaient deviner ce qu'il aurait pu faire de moi si, à l'instant, il avait eu sous la main une corde, une guillotine ou un revolver. Je m'amusais beaucoup de ces situations.

Comme à mon habitude, j'entrais aussitôt après avoir toqué, ouvrant brusquement la porte en grand, et le fixant, en m'efforçant de donner à mon regard l'air le plus inquisiteur. Et, bien évidemment, sa réaction était immédiate : « Vainqueur, c'est pas possible ! Vous le faites exprès ! »

Je me gardais bien de lui répondre par l'affirmative : « Oh ! S'cusez-moi, M'sieur Marwani ! J'ai encore oublié. Est-ce que je peux vous parler deux minutes ? »

Il haussait les épaules arborant un visage sévère qui devenait de plus en plus béat et mielleux au fur et à mesure qu'il se tournait vers la jeune secrétaire : « Ma petite Jennifer, vous pouvez retourner à l'accueil, je vous rappelle dès que j'ai fini avec Monsieur Vainqueur. »

Sans un mot, la créature tournait le dos à son patron pour se diriger vers la porte avec sa démarche de panthère. Marwani laissait passer un long silence pour mieux apprécier le spectacle de la sortie de la dulcinée. La danse pendulaire de son popotin monté sur coussins d'air semblait le plonger dans un état second et lorsque la porte se fermait, on aurait cru qu'il se réveillait d'une séance d'hypnose. Je lui laissais le temps de reprendre ses esprits. Comme pour se justifier, il entonnait la chanson du responsable qui s'intéresse à ses subalternes : « Très bien cette petite Jennifer, dynamique, efficace et... »

Je l'interrompais : « Et un joli p'tit cul ! »

Il s'indignait : « Vainqueur, vous pourriez... Bon... Hein... Voilà... Vous m'avez compris... Bon ! Qu'est-ce que vous avez à me dire à part vos gauloiseries ? »

Je le fixais droit dans les yeux : « Je suis convoqué au ministère avec Dumont. Vous êtes au courant ? »

En voyant sa mâchoire inférieure descendre dans les abysses, je comprenais qu'il n'en savait rien : « Avec Dumont ? »

J'acquiesçais. Il reprenait avec un ton paniqué : « Mais, Dumont au ministère, mais c'est une catastrophe ! »

Et j'étais d'accord. Le brave Dumont incapable de tenir sa langue chargée d'alcool au ministère, cela pouvait faire désordre. L'éléphant dans le magasin de porcelaines, le chien dans le jeu de quilles, le renard dans le poulailler, ce n'était rien à côté.

Après un silence qui en disait long sur son embarras, Marwani se levait pour s'approcher de la fenêtre. Le Labo était en bord de mer, et de son bureau, on distinguait la plage, déserte en ce matin d'hiver pluvieux.

Tout en regardant dehors, il prenait son expression la plus grave : « Le directeur régional m'avait plus ou moins prévenu, qu'il allait falloir que je mette à disposition deux de mes gars au niveau national. Mais je pensais que je pourrais les choisir. Et Dumont, avec tous ses problèmes, c'est la tuile… »

Je l'interrogeais : « Au niveau national ? Mais vous avez pu savoir dans quel but, pour quelle mission ? Ce n'est pas habituel, cette façon de fonctionner »

Il confirmait : « Non, ce n'est pas la procédure habituelle, d'autant qu'il m'a laissé entendre que pendant toute la durée de votre mission, vous ne serez plus sous mes ordres et que je ne serais, en aucun cas, informé de vos travaux. On m'a mis au placard sur ce coup-là. Vous en saurez très vite beaucoup plus que moi, Vainqueur. En tout cas, je compte sur vous pour faire en sorte que Dumont ne… »

Il était interrompu par quelqu'un qui frappait à la porte. Jennifer avait un accusé de réception à faire signer et le facteur attendait. Marwani reprenait aussitôt son sourire de séducteur du dimanche pour accueillir la belle.

J'en profitais pour m'échapper : « Bon de toute façon, on avait dit l'essentiel, chef. Je retourne bosser… Et n'hésitez pas à passer prendre le thé à la maison,

dimanche, avec Madame Marwani, Louisa sera tellement contente de la revoir ! »
Je prenais quelques secondes pour me régaler de son regard noir puis sortais en sifflotant.

Fabricio Pennini

Samedi 29 janvier 2049- 13h45 - île Madame

Les jours qui suivaient, je me décidais à prendre Dumont sous mon aile pour tenter de lui faire une cure de désintoxication express avant le rendez-vous au ministère.

Dans un premier temps, je l'emmenais courir sur la plage tous les soirs après le boulot. Le pauvre Julien se traînait, crachant ses cigarettes et suant son whisky, mais il suivait, trop content que quelqu'un s'intéresse à lui en dehors du bureau.

Ce samedi, je l'avais embarqué à la traditionnelle « pêche aux cailloux » sur l'île Madame avec mon père. Mais cette sortie n'allait pas se dérouler aussi bien que prévue. Je n'avais plus pensé que mon père avait pris l'habitude d'apporter une bouteille de vin blanc pour accompagner les huîtres que nous dégustions à même les rochers. En plus, ce jour-là, comme il savait qu'un de mes collègues était de la partie, par sécurité, il avait pris deux bouteilles.

Je peux vous dire que mon père et Dumont s'étaient tout de suite entendus comme deux vieux copains de régiment. Une fois les deux bouteilles sifflées, c'est-à-dire en moins d'une quarantaine de minutes, les deux spécimens m'abandonnaient en même temps que les coquillages pour se rendre dans le seul « bar tabac dépôt de pain » de l'île, un modeste troquet répondant au doux sobriquet de « Chez Mireille » où ils avaient passé le reste de l'après-midi à se faire découvrir des alcools d'autrefois, de la Suze pour commencer léger, du Malaga pour se réchauffer, du Calva, car c'était une valeur sûre, de l'anisette pour se rafraîchir l'haleine, du Cognac parce que c'était obligé et enfin du Picon Bière pour se désaltérer.

Je restais seul au milieu du varech et des mouettes, me promenant dans le froid glaçant de l'hiver jusqu'à ce que Gillou, le fils de Mireille vienne me chercher. Le garnement, qui avait presque cinquante ans, souffrait de retard mental et vivait toujours avec maman Mireille. Il donnait un coup de main au bar et s'occupait du réapprovisionnement sur le continent. Je le voyais accourir au loin sur la plage, ses bras s'agitant dans tous les sens : « M'sieur Lucien ! M'sieur Lucien ! C'est vot' papa ! »

Comme la panique l'empêchait de tenir un discours cohérent, je me décidais à le suivre jusqu'à « Chez Mireille », un peu inquiet, car mon père avait dépassé les quatre-vingt-neuf ans et les sports de comptoir n'étaient peut-être pas l'activité la plus recommandée à son âge.

Je pénétrais dans le bar pour assister à une scène digne des plus grandes tragédies grecques.

Quel désordre ! Les six ou sept chaises et quatre tables qui constituaient le minuscule bar étaient toutes renversées, Dumont était allongé par terre, au milieu de la pièce, à demi-conscient, le nez en sang.

Sur un côté, mon père tenait un homme par le col et lui administrait des baffes façon Lino Ventura. La victime de papa était un petit bonhomme à la peau couleur « Corbière », il portait une casquette de marin qui avait fini par se retrouver à l'envers sous la violence des gifles, singeant ainsi l'allure des rappeurs qui affectionnaient le port de ce couvre-chef ainsi retourné. « Le Neptune du Hip-hop », en pleine détresse, se confondait en excuses, implorant la pitié, demandant son droit à l'oubli, mais, mon père, assourdi par la fureur, hurlait, tout en continuant à le nourrir de puissantes claques. Malgré le tumulte, je parvenais à comprendre quelques bribes de ce que disait papa, comme quoi, les amis, c'était sacré, qu'il corrigerait tous ceux qui auraient le malheur de s'attaquer aux copains, que « le marinier des dancefloor » n'avait pas intérêt à revenir dans le coin... De l'autre côté du rade, Mireille, terrée derrière son comptoir, menaçait le vide avec un balai espagnol qui perdait un poil à chacun de ses mouvements d'escrimeur. Vu la couleur « Beaujolais Village » de la grosse patate qui lui servait de nez, il était fort à parier que Mireille avait activement participé à la dégustation. Elle vociférait, elle aussi, donnant à mon père des noms qui n'avaient jamais connu le dictionnaire, lui interdisant à vie, et même au-delà, l'accès à son honnête établissement.

Aidé de Gillou, je parvenais à maîtriser mon père avec une telle difficulté que je réalisais qu'il était encore plein de force. J'étais heureux de constater que son corps était resté musclé et vigoureux. Il faut dire qu'il avait encore de l'allure, le vieux, du haut de son mètre quatre-vingts, avec ses longs cheveux blancs attachés en catogan, il faisait penser à un grand chef de tribu indienne. « Le gangsta de la marine » avait profité d'être libéré de l'assaut de papa pour se carapater sans demander l'addition.

Une fois l'assemblée globalement calmée, je m'affairais auprès de Dumont afin de lui administrer les premiers secours. Il avait à peu près retrouvé ses esprits et le coup qu'il avait reçu l'avait fait en partie dessaouler. Il était donc le seul en état de me narrer les évènements.

L'histoire était simple, ils avaient été seuls dans le bar une bonne partie de l'après-midi avec Mireille qui picolait avec eux et Gillou qui peignait ses maquettes d'avion de chasse à une table du fond du bistrot. Puis ce gars s'était pointé. Au début, ils avaient sympathisé, quoi de plus normal dans un bar. Tout le monde avait un peu raconté sa vie, histoire de mieux se connaître, mais quand « le Tabarly du Bronx » s'était venté de coucher depuis deux ans avec la femme d'un météorologue, cela avait tout de suite fait « tilt » dans la tête malade de Dumont. C'était lui, « l'enfoiré de prof de marche merdique », comme il avait l'habitude de nommer l'amant de sa femme, la cause de tous ses maux ! Julien lui avait sauté à la gorge tel un fauve bondissant sur sa proie, mais « le rappeur marin marcheur du nord » savait se défendre et il lui avait décroché une droite en plein dans le nez, détruisant d'un seul coup l'harmonie quasi parfaite du visage porcin de mon cher collègue. Mon père était intervenu pour défendre son nouvel ami et avait eu le temps de donner à « l'escaladeur de femme de météorologue » une vingtaine de baffes avant que j'entre dans le taudis de dame Mireille, alerté par le valeureux Gillou.

L'histoire s'était finalement bien terminée, j'avais donné à Mireille un billet pour les dégâts, le nez de Dumont n'était pas cassé et ma mère avait bien enguirlandé mon père à son retour à l'appartement.

Le remède étant parfois pire que le mal, je prenais la décision d'interrompre ici la préparation physique de Julien en vue de notre passage au ministère.

Fabricio Pennini

Mardi 9 février 2049 - 17h08
Gare Montparnasse, Paris

Pour un provincial, l'arrivée à la capitale était toujours un moment spécial, particulièrement lorsque l'on débarquait du cheval de fer. En longeant les immenses quais qui caressaient les trains à grande vitesse, on entrait progressivement dans la cohue parisienne qui grossissait à chaque pas depuis le hall principal jusqu'aux tapis roulants conduisant inexorablement vers les entrailles de la ville où on attrapait un premier métro.

Les tous nouveaux T.G.V. fonctionnaient désormais à l'énergie solaire, et, pendant l'heure de trajet qui nous séparait de Paris, j'avais eu droit à un exposé détaillé de Dumont sur les nouvelles technologies, ce qui m'avait donné une migraine de tous les diables. À la descente du train, les messages des hauts parleurs de la gare masquaient enfin son insupportable monologue. J'en profitais pour avaler une dose de paracétamol dans une gorgée d'eau minérale ce qui donnait l'occasion à mon coéquipier de me faire remarquer qu'il ne parvenait pas à comprendre comment je pouvais ingurgiter ce fade breuvage sans y ajouter une goutte de pastis. Je lui lançais un nième regard excédé puis chargeant mon sac sur l'épaule, je l'invitais d'un geste à longer l'interminable quai, ultime passerelle vers la mégapole.

Dans le hall des arrivées, comme il voulait acheter des cigarettes, je lui proposais de l'attendre au buffet de la gare, histoire de profiter de quelques minutes de répit à ne plus entendre ses discours. Comme il y voyait l'occasion de s'en jeter un quand il m'aurait rejoint, il me confiait la noble tâche de passer commande à sa place : « Tiens ! Prends-moi un Ricard, ça me dessèche le gosier cette pollution parisienne... »

Mais à peine assis, lorsque le serveur s'approchait de moi, je désobéissais en demandant deux cafés noirs. Mon collègue ne tardait pas à me rejoindre, je le voyais traverser le hall avec l'air ravi du beauf' au départ d'un voyage gagné dans un jeu télévisé. Il faut dire qu'il avait mis le paquet pour se donner l'allure la plus distinguée, ce n'était pas tous les jours qu'il avait l'occasion de fouler les pavés de la capitale, Julien.

Il avait ressorti le costume trois pièces gris souris de son mariage. Le délicat vêtement avait déjà servi pour les noces de son oncle puis pour celles de son « beau-frère de Limoges ». Le pantalon, un peu court, laissait apparaître les vestiges de son passé de grand sportif, de superbes chaussettes blanches ornées de deux bandes, une bleue et l'autre rouge. Les deux reliques, dans le plus pur style de Jean Borotra, étaient enfoncées dans des mocassins à glands dont le vernis marronnasse avait renoncé à briller. Sous la veste à demi boutonnée, Julien portait avec décontraction une chemise qui avait dû être blanche, vingt ans plus tôt. Autour de son cou, pendait une cravate rayée jaune et rouge sur laquelle était brodé le monogramme du « R.C. Lens », son club de cœur. Il complétait sa panoplie de gravure de mode par une sacoche ceinture forme « banane » posée délicatement sur le bourrelet qui lui servait de ventre. Ce délicat accessoire était de couleur orange avec écrit dessus en lettres noires le mot « *SPORT* », ultime précision sur sa condition d'athlète émérite. L'homme tractait fièrement une valise à la trajectoire incertaine et sautillante, une des roulettes ne souhaitant plus prendre la même direction que cet ensemble harmonieux.

Quand il approchait, je lui faisais remarquer que je n'étais pas insensible à son élégance : « Dis donc, Julien, t'as déjà mis le costume du dimanche ! Tu sais, le rendez-vous au ministère, ce n'est que demain matin. »

Mais Dumont ne relevait pas, car ses yeux scrutaient déjà la table à la recherche de son verre de Ricard : « Ben ! Et mon Pastaga ? »

Je coupais court : « Y en avait plus… Allez bascule ton café, on a un métro à prendre ! »

Je ne savais pas si c'était la déception d'avoir été privé de pastis, la masse humaine oppressante qui nous enlaçait ou le malaise que certains pouvaient ressentir sous terre, mais le trajet en métro avait un effet apaisant sur Dumont : il était enfin silencieux. Son visage fixe dessinait une moue pensive que seules ses pupilles animaient, se déplaçant lentement de haut en bas, puis de bas en haut, comme pour fixer un ballon invisible rebondissant à l'infini.

Je profitais de ce moment de calme pour faire le point. Le ministère était dans les beaux quartiers, sur le boulevard Saint-Germain, et, l'hôtel qui nous avait été réservé était tout à côté, le « Bolton Royal », un cinq-étoiles ! D'ordinaire, lors des déplacements professionnels, nous étions plutôt logés dans des établissements des grandes chaînes de l'hôtellerie, certes très confortables, mais là, nous étions passés dans la division supérieure, d'autant que le lendemain, un taxi était prévu pour nous transporter sur les quatre cents mètres qui séparaient notre nid douillet du ministère. « Inhabituel », avait dit Marwani. J'avais du mal à trouver moi aussi une explication. Toujours était-il que ça m'ajoutait une difficulté supplémentaire, gérer les excentricités de mon comparse dans un hôtel de luxe. Dans un rade de bord de périphérique, il serait passé inaperçu parmi les commerciaux avinés et les couples adultérins, Dumont, sauf que là, c'était une autre paire de manches, le petit doigt levé et la bouche en cul de poule, ce n'était pas trop sa spécialité à l'artiste.

Mardi 9 février 2049 18h30
Hôtel Bolton Royal Paris

À l'hôtel, j'avais fait en sorte que nous gagnions nos chambres au plus vite. Malgré tous mes efforts, l'aspect avant-gardiste de la garde-robe de mon binôme avait tout de même attiré l'attention de quelques vieilles peaux milliardaires fraîchement débarquées du Nouveau Monde.

Julien avait aussi profité que je réglais les formalités à la réception, pour d'abord demander au groom de l'ascenseur où se trouvait le bar puis pour essayer de baratiner une jeune soubrette qui passait par là. Je le ramassais in extremis quand il attaquait le chapitre de son divorce, raconté façon « cocker triste », tellement larmoyant que l'on croyait entendre vibrer les cordes des violons en fond sonore. En matière de séduction, Dumont misait tout sur la tactique de l'apitoiement. Il était persuadé de détenir l'arme fatale pour capturer ses proies. À l'instar des antilopes à la vue du lion, ses victimes se mettaient à galoper à en perdre haleine dès les premiers mots prononcés par ce dragueur dépressif. J'arrivais à temps pour embarquer le roi des animaux par le bras et ainsi épargner à la soubrette de devoir fuir comme une gazelle dans la savane.

La chambre de Julien était à deux numéros de la mienne. Je l'y déposais en lui implorant d'y rester jusqu'à ce que je vienne le chercher pour le repas. Je prenais le risque de le laisser livré à lui-même ce qui me donnait un peu plus d'une heure pour appeler Louisa et essayer de me reposer un peu.

Je le récupérais à peu près en bon état. Sur mes conseils, il avait tué le temps en essayant de se costumer le plus élégamment possible pour la soirée. Le raffiné n'avait finalement que très peu modifié sa tenue initiale, mais, avec son goût du détail chic, il avait su donner à son allure une touche à la fois moderne et distinguée, en remplaçant simplement sa cravate du « R.C Lens » par un nœud papillon grand modèle dont la couleur « rouge Pécharmant » s'harmonisait parfaitement avec son teint de pêche de vigne. Cette occupation avait retardé sa découverte du minibar et il m'attendait, radieux, son deuxième verre à la main. Dans l'ascenseur, à l'abri des indiscrétions du groom, il me chuchotait : « J'y avais jamais pensé, mais c'est très pratique un bar dans la chambre. Je vais m'en installer un chez moi, j'pense… »

Le repas était certainement un des plus ennuyeux de ma vie. Ce n'était déjà pas ma tisane ces endroits guindés où tout le monde se donne des airs aristocratiques, mais en plus, je passais la soirée seul avec Dumont. J'avais auparavant déjà partagé sa table, mais jamais en tête-à-tête. Avec une tierce personne, il y avait toujours moyen de se passer le relais, de faire diversion, pour éviter la surchauffe, mais là, c'était tout pour moi, pas moyen de passer au travers.

J'avais eu droit à l'histoire de son divorce que je connaissais déjà par cœur, à la bagarre avec le « marcheur merdique » qu'il estimait finalement avoir gagné se basant sur la logique de sa mauvaise foi, puis, il avait enchaîné sur les raisons de notre invitation au ministère qui s'expliquaient, selon lui, simplement par le fait que nous étions les deux meilleurs éléments du labo, surtout lui. Il avait fini le repas à essayer de me convaincre de le suivre après le restaurant. Il voulait me faire découvrir « Paris by Night », faisant valoir son expérience d'une soirée passée cinq ans plus tôt à Pigalle dans un bar à entraîneuses, en compagnie de son « beau-frère de Limoges ». En filigrane de son récit héroïque, je comprenais vite que les deux naïfs s'étaient fait dépouiller comme des blancs-becs par les professionnelles : « Tu sais qu'ces Parisiennes, c'est fou comment elles sont attirées par nous autres, de province. On avait un succès fou avec mon beau-frère de Limoges, elles s'battaient presque pour qu'on leur offre un verre, c'est t'dire. Par contre, faut assurer niveau porte-monnaie, c'est d'la femme sophistiquée, ça picole que du Champ'. Et c'est pas cadeau dans ces bars chics. »

Il avait terminé l'histoire en racontant qu'en fin de soirée, une bande de loustics, certainement jaloux du succès des deux apollons, les avaient contraints de quitter le club sous la menace. Comme ils étaient beaucoup plus nombreux qu'eux, Julien et son beau-frère avaient été obligés de détaler des lieux malgré leur grande bravoure. Et ce soir, comme il était à nouveau sur Paris, et qui plus est désormais célibataire, Dumont voulait retourner sur place et prendre sa revanche. Et qui sait, peut-être que « la grande rouquine au regard cochon » qui lui avait fait la conversation toute la soirée serait toujours là, il lui avait semblé qu'elle avait ses habitudes dans le bar : « Je m'rappelle le nom du bar chic ! Le Faisan Plumé, ça s'appelait. Je m'souviens qu'on avait choisi çui'là parce que mon beauf', il aime bien aller à la chasse. Allez Lucien, accompagne-moi, quoi ! »

J'essayais de lui expliquer le fonctionnement des bars à entraîneuses, en vain. Autant tenter d'enseigner le braille à un poisson rouge. Je capitulais et décidais malgré moi de l'accompagner histoire d'être là pour limiter la casse.

Fabricio Pennini

Mardi 9 février 2049 - 23h20
Bar Club « Le Faisan Plumé » - Paris

Je me demandais quand même ce que je foutais là. Je pestais après le ministère de m'avoir mis dans cette galère. Non seulement, je ne savais rien de ce qu'ils me voulaient, mais en plus, ils m'imposaient la présence envahissante et ingérable de Dumont. Et je me retrouvais, là, dans ce night-club glauque à lui servir de nounou.

Ah, ça, il avait fière allure « le Faisan Plumé » !

Depuis la rue, on entrait dans un sas, avec sur la droite, un portant à vêtements sur lequel gisaient trois manteaux miteux. Au-dessus, punaisé au mur, un rectangle de carton portait une inscription au marqueur : « *vestière* ». On passait dans la pièce principale en franchissant deux immenses portes battantes s'ouvrant sur le saint des saints, une grande salle toute en longueur. Sur le côté gauche, un gigantesque comptoir éclairé par un néon rose courrait tout le long du mur. Dix peut-être onze tabourets hauts, chromés, avec l'assise recouverte de skaï rouge, jouxtaient le bar, disposés à intervalles réguliers. Dans le reste de la pièce, étaient répartis, çà et là des ensembles de canapés tables basses toujours dans des teintes rouges ou roses. Au fond de la salle, une minuscule estrade avait été aménagée, avec une barre tubulaire chromée fixée à la verticale du sol au plafond. Derrière la scène, on distinguait une porte avec une pancarte écrite au feutre indélébile : « *privez* ». Je me faisais la réflexion que le gérant du « Faisan Plumé » avait bien fait de choisir le monde de la nuit plutôt que celui de la littérature pour exercer son métier.

L'éclairage rougeoyant donnait à l'endroit l'atmosphère d'un laboratoire de développement photographique, et au visage sanguin de Dumont des airs de diablotin. Une sono à la limite de la saturation distillait des remix de chansons du siècle dernier, époque années 1980, réputée pour ses textes profonds interprétés sur des arrangements richement élaborés.

La boite était presque déserte. Un type, du genre pas commode, au crâne rasé et tatoué, était derrière le bar. Il agitait sa tête d'œuf coloriée au rythme de la musique tout en essuyant des verres. En face de lui, assise sur un des tabourets, une femme blonde, pas toute jeune, finissait son douzième whisky, le regard aussi vide que les onze verres alignés devant elle. Elle était vêtue d'une robe léopard ultra moulante et son maquillage exagéré lui donnait l'expression d'un clown de Bernard Buffet.

Dumont était assis dans un des canapés roses, entouré de deux entraîneuses occupées à l'appâter. Moi, j'étais avachi dans le canapé qui lui faisait face, assistant impassible à la mise à mort du portefeuille de mon naïf collègue. Les deux rombières savaient qu'elles tenaient un gros pigeon et elles sortaient le grand jeu. Elles n'étaient pas non plus de la première fraîcheur, ces deux-là, bien qu'essayant de gommer le poids des années, peinturlurées comme les murs d'un bidonville. Il y avait une grande rousse toute maigre, vêtue d'un justaucorps en latex bleu métallisé dont le style s'harmonisait parfaitement avec la musique de l'endroit. L'autre était une blonde platine un peu rondouillarde, elle portait une robe argentée qu'elle avait dû acheter avant sa prise de poids, si bien qu'au rythme de ses mouvements, ses rondeurs nous jouaient un remake de « la Grande Évasion ».

Dumond avait le sourire des grands jours, celui de la victoire, persuadé d'avoir retrouvé sa « rouquine au regard cochon » et, avec ses gros yeux bleus globuleux, il la dévorait jusqu'à l'indigestion. Je ne parvenais pas à entendre leur conversation couverte par les haut-parleurs à fond qui hurlaient un titre dans lequel l'interprète félicitait un certain Coco sur sa façon de se vêtir. Sans savoir lire sur les lèvres barbouillées de gloss, je captais l'essentiel. Julien parlait d'amour et la rouquine était d'accord, à condition qu'il paye une trentaine de tournées avant. La blonde platine, se sentant écartée de la conversation, décidait de venir s'asseoir près de moi, histoire de discuter le bout de gras : « T'as pas l'air dans ton assiette, beau gosse. Tu veux pas me payer une flûte pour te changer les idées ? »

J'ironisais : « Désolé chérie, j'ai oublié mon portefeuille dans la Ferrari… »

À son regard noir, je réalisais que je l'avais vexée. Elle se levait brusquement et s'éloignait de notre table. Dans la précipitation, sa robe n'était pas complètement redescendue. Je devenais le spectateur involontaire d'une vue imprenable sur un postérieur dodu qui m'évoquait le souvenir d'une foire aux jambons à laquelle j'avais assisté jadis. Je ne profitais pas longtemps du spectacle, mon attention était détournée par plusieurs éclats de voix transperçant la musique qui proposait un nouveau titre dans lequel le chanteur faisait l'apologie du sadomasochisme, promettant à sa dulcinée qu'ils allaient s'aimer jusqu'à se brûler la peau.

Les cris étaient ceux de la vieille blonde habillée en panthère qui venait de terminer le verre de trop. Galant, le barman à crâne lisse la raccompagnait en douceur façon service d'ordre des jeunesses franquistes, mais la belle n'était pas consentante, d'où le raffut. Pendant ce temps, Dumont, inébranlable, roulait de grosses galoches de cinéma à sa rousse qui avait visiblement décidé de donner un peu plus de sa personne pour le faire davantage consommer.

Après avoir raccompagné la vieille blonde vers la sortie, le serveur rejoignait notre table, s'avançait dans ma direction et approchait sa bouche suffisamment près de mon oreille pour que je sente le souffle chaud de son haleine fétide : « T'es gentil, tu payes un coup à boire à Tina, ou tu t'barres ! Vu ?»

Il me montrait du doigt la blonde platine qui désormais avait un prénom. Elle était maintenant devant le comptoir, les genoux légèrement fléchis pour mieux tirer sur les côtés de sa robe, le but étant de la faire redescendre en dessous du niveau de l'amer.

Je m'écartais légèrement de la proximité du visage de la tête d'œuf afin de retrouver ma zone d'intimité. Il avait vraiment ce que l'on appelle une sale gueule. Cela devait faire un paquet d'années qu'il n'avait pas fait un sourire, celui-là. Je m'efforçais de soutenir son regard et prenant le ton le plus aristocratique que je connaissais : « Cher Ami, je suis très touché par votre proposition, simplement, sans vouloir vous offenser, à mon grand regret, je dois vous confier que je ne mérite pas la belle Tina, aussi charmante soit-elle. Vous comprenez, mon jeune ami, je suis trop intimidé et je crains de ne pas être à la hauteur de ses attentes. Par contre, je me serais senti plus à mon aise avec la délicieuse personne, que vous venez de si délicatement raccompagner. Quel dommage qu'elle ait été contrainte de quitter cette magnifique soirée ! N'est-ce pas ? ».

Le chauve ne souriait plus du tout : « Je vais te péter la gueule ! »

Il avait parlé suffisamment fort pour faire sursauter mon coéquipier et faire sortir sa langue de la bouche de la rouquine. L'instinct naturel de très bon camarade de Julien s'était immédiatement mis en branle. Il s'était levé, et, droit comme un « i », avec la démarche d'un automate, s'était avancé vers le teigneux serveur, et, sans lui laisser le temps de réagir, lui avait envoyé un bon vieux coup de tête façon Gérard Depardieu. Le tondu avait basculé en arrière, s'écrasant lourdement sur une table basse qui passait par là, pulvérisant sur son passage bouteilles et verres dans un fracas de fin du Monde. Le bruit de sa monumentale chute, additionné aux hurlements hystériques des deux radasses, avait résonné jusque dans les pièces de l'établissement interdites au public. La porte sur laquelle était inscrit « *privez* » s'était esquivée comme un écarteur de courses landaises, laissant passer quatre malabars aussi sympathiques que le serveur dont le nez et la bouche s'étaient mis à pisser le sang.

Les quatre molosses fonçaient droit sur nous. Ils avaient des trognes à faire attraper une diarrhée verte à un homme de main de la mafia russe, et, dans un réflexe de survie, je saisissais Dumont par le bras : « Viens Julien, faut qu'on s'échappe, ça craint... »

Nous quittions les lieux dans un sprint endiablé, priant que la porte donnant sur la rue ne soit pas verrouillée. Par bonheur, de nouveaux clients étaient en train de pénétrer dans les lieux et le portier avait ouvert en grand.

Sans prendre le temps de lui laisser un pourboire, nous poursuivions notre effort sur quelques centaines de mètres jusqu'à atteindre le boulevard de Clichy encore assez fréquenté pour que les quatre chiens de garde abandonnent la poursuite. Sur le trottoir, les mains posées sur les genoux, je m'efforçais de reprendre ma respiration, mes poumons me brûlaient après cette course dans l'hiver parisien.

Intérieurement, je me pestais après. Je n'avais pas résisté à mettre ce crétin en boite, et que dire de Julien qui lui avait mis une rouste ? Frapper ce genre de type, c'était la dernière chose à faire. Je me disais que cet imbécile heureux avait tellement été frustré d'avoir été mis au tapis par l'amant de sa femme, qu'il ne voulait pas rester sur une défaite. Il voulait aussi certainement prendre sa revanche sur cette boite minable, après sa mésaventure, cinq ans plus tôt, avec le fameux « beau-frère de Limoges ». J'allais pour lui passer un bal quand je remarquais que son nez saignait abondamment. Il essayait d'éponger ce qu'il pouvait avec son nœud papillon. Je lui demandais : « Comment tu as pu te faire ça encore ? »

Il reprenait son air penaud : « J'crois qu'mon nez a cogné dans ses dents... »

Tout à coup, il s'était arrêté de parler, fixant quelqu'un ou quelque chose derrière mon épaule. Intrigué, je me retournais et reconnaissais la vieille peau que le serveur avait virée de la boite. Elle avait caché sa robe léopard sous un manteau de fourrure blanche qui la faisait ressembler à un caniche en fin de vie. Elle tentait un sourire de spot publicitaire pour dentifrice, exercice périlleux pour la belle, car seulement une incisive et deux molaires avaient accepté de participer au tournage. Nous voyant sans réaction, elle osait d'une voix grave et vibrante transpirant la testostérone : « Salut les garçons, vous auriez pas une clope ? »

Dumont, à la façon de Humphrey Bogart, prenait une cigarette dans son paquet, se la vissait entre les lèvres et dégainait son vieux briquet à essence pour l'allumer. Ensuite, d'une main experte, il présentait à la beauté fatale le magnifique mégot taché par le sang qui continuait à s'échapper de ses narines. La princesse s'en voyait flattée, ce qui facilitait la conversation. Les deux lurons se trouvaient le point commun d'avoir quitté le night-club dans la précipitation, ils estimaient que le serveur était vraiment une odieuse brute et que cette boite n'était pas un endroit pour des filles bien comme elle. Justement, elle, « c'était quoi son petit nom », avait voulu savoir mon collègue, qui voyait dans cette rencontre de boulevard une opportunité de sauver sa soirée. Elle s'appelait Carmen, elle était une jeune veuve qui cherchait l'amour. Elle lui proposait de devenir son infirmière et il était d'accord. En grande professionnelle, elle stoppait l'hémorragie de mon camarade en pratiquant une obturation des orifices nasaux à l'aide de disques démaquillants en coton.

Le problème de santé résolu, Julien proposait d'aller boire le dernier verre. Je préconisais de s'éloigner du quartier pour éviter un éventuel retour des costauds de la boite de nuit. Justement, Dumont avait repéré un bar pas très loin de l'hôtel, il nous suffisait juste d'attraper un taxi et la soirée pouvait à nouveau battre son plein.

Julien avait voulu absolument se charger de nous dégotter un carrosse prétextant être le seul à détenir la bonne façon de les intercepter, méthode acquise grâce à sa grande expérience des voyages à Paris, de la tour Eiffel aux bateaux-mouches en passant par l'Arc de Triomphe et la place de la Concorde. Sur le boulevard, les taxis étaient nombreux à circuler, Julien leur faisait signe, ne semblant pas faire la distinction entre ceux qui étaient libres, occupés ou hors service. Au début, il se contentait de quelques discrets « Hep, Taxi » levant brièvement la main pour faire claquer ses doigts, mais, à force d'échecs, il finissait par agiter ses deux bras avec largesse, reproduisant le geste du naufragé en train de se signaler à un navire depuis son île déserte. Je lui expliquais qu'il fallait prêter attention à la petite lumière verte sur le toit des véhicules tant convoités. Si cette dernière, restait éteinte, le taxi n'était pas disponible, et ce n'était pas la peine de lui faire signe. Dumont pouvait désormais cibler un peu mieux ses recherches. Sauf que, comme à son habitude, il n'avait rien écouté de mes explications et continuait à interpeller des taxis indisponibles, amplifiant davantage ses gestes à chaque échec, au point de se retrouver au milieu de la chaussée, évitant les voitures qui le klaxonnaient, tel un torero des temps moderne. En définitive, les taxis libres ne s'arrêtaient pas non plus, certainement impressionnés par ce bonhomme au visage rougeaud risquant toutes les secondes sa vie au milieu du trafic avec son costume trois pièces style « salon de l'agriculture 1978 » et ses deux narines remplies de coton ensanglanté.

Même si ce spectacle valait son pesant de noix de cajou, je me disais qu'il avait trop duré et décidais d'y mettre un terme en me chargeant à mon tour de trouver un taxi. Cinq minutes plus tard, nous étions tous les trois le derrière serré dans la banquette d'une vieille Peugeot qui nous ramenait de l'autre côté de la Seine.

Le bistrot repéré par Dumont étant fermé, il décidait d'inviter Carmen au bar de l'hôtel. Par bonheur, il n'y avait plus personne à part le serveur, qui comme tout employé d'un établissement de luxe qui se respecte, savait traiter chacun, avec les égards dus à un prince ou un émir, pardonnant toutes les excentricités à ses fortunés clients. La soirée devenait enfin agréable quand je parvenais à aller me coucher, ayant glissé un billet au barman en lui demandant de faire en sorte que mon collègue ne quitte le comptoir que pour rejoindre sa chambre, laissant entendre que malgré ses penchants pour l'alcool, Julien était un éminent scientifique qui le lendemain matin, devait donner une conférence au ministère.

Mercredi 10 février 2049 - 7h30
Hôtel Bolton Royal - Paris

J'avais mis le réveil assez tôt pour avoir le temps de prendre une bonne douche avant de m'assurer que Dumont était bien dans sa chambre et en bon état. Je restais confiant, le barman m'ayant donné la garantie qu'il était habitué à gérer ce genre de situation.

Je sifflotais dans le couloir de l'hôtel avant de m'arrêter devant la porte de mon ami et de frapper. Je n'attendais pas longtemps, la porte s'ouvrait sur la délicate Carmen seulement vêtue d'un peignoir de l'hôtel.

Impossible pour moi de retenir un cri d'effroi devant son visage sans maquillage, qui aurait porté le logo « interdit au moins de dix-huit ans », s'il avait été vu au travers d'un écran de télévision.

Julien était sous la douche, tout allait bien, mon barman avait parfaitement manœuvré. Après un petit-déjeuner de rois, nous lâchions Carmen dans la jungle parisienne avant de nous engouffrer dans le taxi qui nous attendait pour nous conduire au ministère.

Mercredi 10 février 2049 - 9h45
Ministère de l'Environnement - Paris

Cela faisait un bon quart d'heure que nous attendions, vautrés dans des pullmans à regarder les dorures du plafond, histoire de passer le temps, quand une jeune femme en tailleur-lunettes-cheveux-tirés s'approchait de nous : « Veuillez me suivre, Messieurs, je vais vous conduire au bureau de Madame de Reech. »
Elle tournait ensuite les talons aiguilles pour, sans nous attendre, se diriger au pas de course vers le lieu de notre rendez-vous. Nous étions immédiatement distancés, au point d'être presque obligés de courir pour ne pas perdre de vue notre guide. Une fois revenus à son niveau, Dumont profitait de l'expédition à travers les couloirs de l'hôtel particulier grand luxe pour tenter un brin de conversation avec notre sherpa en tailleur Chanel : « C'est joli chez vous, mais le ménage doit vous prendre tout l'dimanche ! »
La fille se contentait de répondre sur un ton méprisant un « N'est-ce pas » qui résonnait comme un « je t'emmerde », puis, nous étions arrivés.

Elle frappait, entrouvrait la porte pour pencher sa tête à l'intérieur de la pièce, puis ouvrait en grand : « Entrez, messieurs. »

Elle quittait immédiatement la pièce, sans nous saluer. D'une démarche racée, tel le mustang s'éloignant dans la plaine, elle reprenait son pas de course effrénée, faisant résonner ses talons sur les parquets à motifs « Versailles » des couloirs stuqués du ministère.

Nous nous retrouvions dans un grand bureau dont le style tranchait avec le reste du bâtiment. Plus de dorures, de tentures ou de meubles de style classique, nous avions atterri au pays du design. Du blanc, du noir du gris, du métal, du cuir, du verre dépoli, sobriété et froideur étaient au programme. Madame de Reech se tenait derrière un immense plateau en marbre posé sur des pieds chromés, faisant office de bureau, assise dans un grand fauteuil enveloppant en cuir blanc. Elle avait environ la soixantaine, un côté très britannique, très classe. Elle était brune, les cheveux légèrement ondulés, coupés au carré, la peau très pâle, presque transparente. Ses yeux étaient d'un bleu glacial à attraper un rhume rien qu'en les fixant. Elle portait une combinaison blanc cassé, taillée dans une peau tannée qui aurait pu être du cuir si elle n'avait pas été aussi souple. Sa tenue pouvait faire penser à celles portées par les astronautes, mais, en y regardant de plus prêt, il était évident que c'était l'ouvrage d'un très grand couturier. Cette panoplie futuriste additionnée au mobilier très moderne et à l'atmosphère froide de la pièce, donnait la sensation d'être au pied du trône d'une princesse de l'Espace. Dumont était sous le charme, il la fixait avec un regard de poisson rouge, sa bouche grande ouverte laissant un délicat filet de bave lui fausser compagnie.

Comme pour réveiller Julien, notre hôtesse se levait de son siège en nous tendant la main : « Messieurs ! Enchantée ! Je suis Jaane de Reech ! Alors, lequel de vous deux est Monsieur Vainqueur... Et Monsieur Dumont ?»

Elle avait un léger accent que je situais sans certitude du côté de la Scandinavie. Julien qui n'était pas remis de son coup de foudre, tentait de lui répondre : « Bon...bon...jouhour...mah...mah... »

Je venais à son secours : « Enchanté, Madame de Reech, voici Julien Dumont et je suis Lucien Vainqueur. Nous sommes à la fois très honorés d'être convoqués au ministère et, en même temps, très impatients de savoir ce que vous allez nous raconter ! »

Elle esquissait un sourire, finalement dès qu'elle communiquait, cette dame n'était plus du tout glaçante, au contraire, il se dégageait d'elle une certaine sérénité, très apaisante : « Je comprends parfaitement votre curiosité, Monsieur Vainqueur, et, je vous rassure, vous allez vite en savoir plus. Avant tout, il faut que je vous précise : je suis une des plus proches collaboratrices de Monsieur le Ministre et notre entretien de ce matin est de la plus haute importance. »

Elle prenait le temps de faire des silences que l'on respectait religieusement. Elle poursuivait : « Nous avons décidé de faire appel à vous parce que vous êtes des météorologues avec une spécialité dans le domaine des courants marins, mais il y a une autre raison... »

Son regard bleu balayait la pièce en prenant le temps de nous transpercer chacun notre tour. Elle enchaînait : « ... L'autre raison, c'est que vous êtes deux fonctionnaires sans histoire que personne ne connaît, ce qui vous permettra de travailler dans la plus grande discrétion... Car cette affaire est classée... secret-défense ! »

Secret-défense ! Ah ! Il fallait nous voir réagir à la nouvelle, Dumont et moi ! Nous avions du mal à réaliser, ou plutôt, si, nous réalisions que la vie tranquille au labo, c'était terminé. Nous allions désormais être traqués par les services de renseignements du monde entier ! Secret-défense ! Des mots que nous n'avions entendus ou lus que dans des films ou des romans d'espionnage. Devant nos mines déconfites, Madame de Reech se voulait rassurante : « Ouh ! Je devine un certain désarroi dans vos regards, je n'imaginais pas les scientifiques aussi émotifs. Rassurez-vous, messieurs, nous ne sommes pas dans un James Bond. Je parle de secret-défense, car, tout simplement, la population ne doit pas être informée de vos travaux... »

Je l'interrompais : « En même temps, je suppose qu'on ne nous demande pas de tenir notre langue uniquement pour calculer l'heure des marées ? »

Amusée, elle se mettait à rire, ce qui rendait son visage très doux : « Bien vu, Monsieur Vainqueur ! Non, votre job va être d'étudier un phénomène météorologique, disons...troublant. Mais avant de vous en dire plus, j'aimerais que vous me parliez de ce que vous savez sur l'évolution du niveau des océans. Tiens, Monsieur Dumont, j'ai à peine entendu votre voix... »

J'appréciais moins ce ton de maîtresse d'école qu'elle prenait tout d'un coup. A peine avait-elle fait de nous des agents secrets de bazar que Madame de Reech, la fée, nous avait transformés en élèves de quatrième aufond-de-la-classe-à-côté-du-radiateur. Dumont, il aimait encore moins, lui qui était convaincu d'avoir vécu une enfance douloureuse, s'estimant détesté par les enseignants et persécuté par les élèves qui l'avaient élu tête-de-turc à l'unanimité. Il était persuadé d'avoir été fréquemment victime d'injustices et quand il attaquait le chapitre de ses sombres souvenirs scolaires, il fallait prévoir trois bonnes heures. La phrase de Madame de Reech l'avait directement téléporté sur les bancs de l'école et dans un réflexe pavlovien, il prenait immédiatement l'attitude du cancre craintif. C'était tout juste s'il ne pliait pas les bras en croix au-dessus de sa tête, comme pour se protéger du coup de trique donné en cas de mauvaise réponse. Ainsi conditionné, il se levait, joignait les mains derrière le dos et se mettait à réciter : « Le niveau de la mer s'est élevé d'environ cent vingt mètres depuis le pic de la dernière glaciation. De mille ans avant Jésus-Christ jusqu'au dix-neuvième siècle, le niveau marin a peu varié. Au vingtième siècle, le niveau des eaux s'est élevé de dix-sept centimètres. Un rapport de 2007 estimait que la mer pourrait s'élever de dix-huit à quarante-deux centimètres d'ici 2100. Mais, en 2012, lors de la conférence sur le climat de Doha, cette prévision a été revue à la hausse, estimant que cette élévation pourrait atteindre le mètre. Les études ont montré que la montée du niveau marin était une des conséquences du réchauffement climatique, via deux processus essentiellement : la dilatation de l'eau et la fonte des glaces terrestres. Mais d'autres processus ont été pris en compte, le volume des sédiments solides arrachés aux montagnes et transportés par les fleuves, celui des matériaux détachés des côtes et le cubage de l'eau produite lors de la combustion des hydrocarbures. En 2026, au sommet de Séville, un accord historique était signé entre les dix plus gros pollueurs de la planète, y compris la Chine, les engageant à prendre toutes les mesures pour limiter les émissions de gaz à effet de serre. La tenue de ces engagements additionnée aux énormes avancées technologiques réalisées sur l'énergie solaire a permis d'observer des résultats encourageants à partir de 2030. Le niveau marin a pu ainsi commencer à amorcer une baisse. Entre 2032 et 2040, il s'est abaissé de trois centimètres. Depuis nous observons une baisse d'environ cinq millimètres par an. »

Il avait tout balancé d'un trait, sans respirer. Fier de sa prestation, il arborait un regard espiègle, un brin revanchard qui semblait nous dire : « Ah, ça vous la coupe, hein ? » Je devais reconnaître qu'il m'avait impressionné, Dumont. Tout avait été fluide, clair, concis. J'avais à peine reconnu sa voix, même sa façon de s'exprimer avait changé, un peu comme si quelqu'un avait parlé à sa place, comme s'il avait été le pantin d'un ventriloque. Mais non, c'était bien lui qui venait de nous présenter ce brillant exposé. Finalement, l'alcool n'avait pas brûlé tous ses neurones. Et peut-être qu'il lui fallait de l'exceptionnel à Julien pour qu'il tire toute la quintessence de son être. Ce n'était pas un labo perdu au milieu des Charentes-Maritimes qu'il lui fallait, mais plutôt la grande vie, à Paris, au ministère, en mission secret-défense. Et là ! Attention ! Il excellait, il devenait une pointure, un cador. Madame de Reech, moins impressionnée que moi, reprenait la main : « Parfait, Monsieur Dumont, je vous donne vingt sur vingt !

C'est une très bonne synthèse ! Je vois que vous êtes un professionnel ! »

Elle se levait, contournait la pièce pour venir s'appuyer sur le bord du bureau, face à Julien qui était resté debout dans la position de l'élève récitant « le Corbeau et le Renard ». Cette proximité faisait attraper à mon compère des gouttes de sueur grosses comme des cacahuètes qui galopaient le long de son cou, esquissant un saut au passage de sa pomme d'Adam.

Satisfaite de sa nouvelle place, Madame de Reech nous interpellait à nouveau : « Effectivement, Monsieur Dumont, vous avez parfaitement raison. Depuis dix ans, le niveau de la mer baisse d'environ cinq millimètres chaque année. Mais qu'avez-vous observé sur le terrain ces derniers mois ? »

Ces derniers mois, Julien avait passé davantage de temps à surveiller le niveau de pastis dans sa bouteille que celui de la mer. Vu l'air bovin qu'il prenait tout d'un coup, je comprenais que mon partenaire était en train de couler à pic, le moment de grâce était passé. Je décidais de lui lancer une bouée en répondant à sa place : « Depuis l'été dernier, il semblerait que le niveau baisse de façon encore plus significative. En tout cas, d'après nos relevés effectués sur une ligne Nantes-Bordeaux. Mais les autres laboratoires ont fait les mêmes constatations. On est à deux centimètres en six mois, ce qui est bien plus que les autres années. »

Ma réponse semblait la satisfaire : « Exactement, Lucien, vous permettez que je vous appelle Lucien ? Le niveau baisse très fortement. Et à votre avis, quelle en est la raison ? »

Je tentais : « Je ne sais pas, la baisse de la pollution. La limitation de l'utilisation des hydrocarbures, la pile solaire, le démantèlement progressif des centrales nucléaires, les Chinois qui s'y mettent… Les écolos qui ont fait du bon boulot… Quoi !»

Sur ce coup-là, je ne me trouvais pas bon du tout. C'était tout moi, ça. Je ne préparais jamais rien, toujours dans l'improvisation. Ce côté peu académique pouvait souvent plaire, et même parfois me faire passer pour une pointure, car mon discours se démarquait de celui des scolaires sans imagination récitant leur soupe insipide apprise par cœur. Mais, lorsque l'inspiration me faisait défaut, cela pouvait aussi me jouer quelques mauvais tours. Madame de Reech décidait de m'interrompre, évaluant immédiatement ma réponse sans aucun intérêt : « Non, Lucien. C'est tout sauf un phénomène naturel… »

Elle avait le chic pour faire monter le suspense, Jaane de Reech, à faire de grands silences au moment de nous révéler une chose primordiale. On avait envie de lui hurler d'accoucher, mais elle savait que notre bonne éducation nous en empêchait, et elle en jouait. Cette fois, c'était Dumont qui tentait de lui tirer les vers du nez : « Ah, bon, c'est les z'estra-terrestres ? »

Elle souriait : « Nous ne savons pas, Monsieur Dumont. Mais, comme vous ne trouvez pas, à mon tour de vous faire un exposé… Mais, cela va être un peu long, donc je vous propose de nous commander des cafés… »

***

Les cafés avaient été apportés par la fille en tailleur-lunettes-cheveux-tirés qui nous avait conduits au pas de charge à travers les couloirs. J'en concluais qu'au ministère, elle n'était pas que guide, elle avait aussi en charge la préparation du café. Nous avions profité de sa nouvelle apparition pour apprendre son prénom, Madame de Reech lui lâchant un « Vous êtes bien mignonne, ma petite Isabelle » en guise de pourboire. Puis, à nouveau, la belle avait disparu au détour du premier corridor, laissant encore entendre le chant de ses escarpins claquetant sur les dalles marquetées.

Madame de Reech avait profité de l'intermède pour installer un rétroprojecteur, nous allions donc faire une séance de diapos. Dumont, qui n'en loupait jamais une, me chuchotait dans l'oreille : « P't-être qu'elle va nous montrer ses dernières vacances à l'île Maurice ? »

Mon ami se rendait rapidement compte qu'il avait fait fausse route, quand la première image était projetée sur le mur immaculé du bureau. Je reconnaissais cette photo. Elle datait d'un peu plus de vingt ans. Les chefs d'état des pays les plus industrialisés de la planète posaient fièrement sur le parvis du Parc de la Paix à Nagasaki. Ils venaient de signer un accord historique les engageant à entamer dans les dix prochaines années le processus de démantèlement de tout ce qui était nucléaire, civil comme militaire. Les leaders allemands et français de l'époque, le chancelier Nestor Cohn-Bendit et la présidente Astrid Pageneau, avaient été à l'initiative du projet. Ces deux personnalités politiques visionnaires avaient repéré une conjoncture favorable : en Chine, les villes s'étouffaient dans une sur-pollution assortie d'un taux de mortalité hors norme. Les populations, se sentant sacrifiées, étaient sur le point de se révolter et les dirigeants, pour essayer de se maintenir au pouvoir, acceptaient de signer tous les accords en lien avec l'écologie. Les Russes avaient enfin un président progressiste, Nikodim Karataïev, qui semblait disposé à aller dans le bon sens. Les Etats-Unis sortaient des huit années sombres dirigées d'une main de fer par le milliardaire Donald Trump. Non satisfait de mener une politique nationaliste, ne respectant aucun protocole, il avait souillé le pays, laissant le champ libre aux industries les plus polluantes. Il avait évité une dizaine de fois la destitution sans que cela ne l'empêche de se faire réélire pour un second mandat, pendant lequel il avait encore davantage donné libre cours à ses irresponsabilités, terminant sa présidence avec une impopularité quasi unanime. En réaction, les Américains avaient choisi comme nouveau président une personnalité très à gauche pour le pays, le célèbre acteur George Clooney, devenu entre temps sénateur de Californie.

Au même moment, les trois plus grands pollueurs de la planète semblaient ouverts aux négociations et les dirigeants européens avaient profité de ces circonstances inédites pour mener à bien leur action.

Pour ne pas avoir à se déplacer afin de piloter le diaporama, Madame de Reech avait posé une demi-fesse sur la petite table qui accueillait son ordinateur. Après nous avoir laissé le temps de détailler cette première photo, elle commençait son exposé : « Voici le point de départ. 2026, le sommet de Nagasaki. Je ne vous apprends rien en vous annonçant qu'à partir de là, chaque pays a commencé à faire le nécessaire pour se débarrasser du nucléaire. »

Elle appuyait ensuite avec légèreté sur une des touches de l'ordinateur pour faire apparaître une nouvelle image, historique, elle aussi. Il s'agissait des funérailles du président russe Nikodim Karataïev. Dans la tradition russe, le cercueil ouvert dévoilait le corps sans vie du regretté président auquel des dignitaires rendaient un dernier hommage. Madame de Reech reprenait la leçon : « Là, non plus, je ne m'attarde pas. Vous connaissez : 2027, un an plus tard, assassinat de Karataïev. La mafia russe fortement suspectée... »

Elle changeait à nouveau l'image pour une photo de celui qui avait remplacé le président assassiné. Elle reprenait : « Dimitri Nedkourov, son successeur... Beaucoup moins sympathique... Se manifestant de l'héritage de Poutine... Bien moins disposé à respecter les accords de Nagasaki signés par Karataïev à qui il s'était farouchement opposé. Mais, sous la pression internationale, le nouveau président semble tenir les promesses de son prédécesseur. Le démantèlement des centrales, missiles et autres sous-marins nucléaires se poursuit sous les caméras du monde entier. C'est à ce moment que les services secrets américains apprennent par un agent infiltré que les sous-marins en cours de démantèlement seraient des leurres, la véritable armada voguant tranquillement au fond des océans. »

Elle nous laissait reprendre nos esprits avant d'enchaîner : « Avant de continuer plus loin, il faut que vous sachiez que pendant la guerre froide, les Américains avaient l'habitude de repérer les submersibles russes grâce au satellite espion Nyx29, propriété de l' État français. Pourquoi, un satellite français, me direz-vous ? Simplement parce que les

Russes n'auraient jamais imaginé qu'un appareil français les espionne pour le compte des Américains. Nyx29 avait été mis en sommeil plusieurs années puis réutilisé autour des années 2015, pour surveiller le comportement des Russes durant le conflit en Syrie. Avec cette nouvelle affaire, les Américains nous ont, une nouvelle fois, sollicités pour faire reprendre du service à Nyx29, c'est d'ailleurs comme cela que la France a été informée de la situation. La position de la flotte russe a pu être repérée, et, en secret, les Américains ont informé les Russes qu'ils savaient pour les sous-marins. J'imagine qu'ils ont aussi dû leur faire comprendre qu'eux non plus n'avaient pas complètement respecté les accords de Nagasaki, et, qu'ils cachaient aussi quelques armes dissuasives. C'est ainsi que Nyx29 a continué de réaliser ces relevés pendant une vingtaine d'années jusqu'à nos jours au nom de la paix dans le Monde. »

Elle changeait à nouveau d'image. L'écran affichait désormais une carte satellite avec des couleurs très franches et vives de vert, rouge jaune, bleu. Certainement un exemple de cliché réalisé par Nyx29.

Je me permettais d'intervenir : « C'est passionnant. Mais… Je ne vois pas ce que deux météorologues viennent faire dans une chasse aux sous-marins russes… »

Ma remarque semblait l'agacer : « Ce ne sont pas les Russes qui nous intéressent, mon cher Lucien. Par contre, savez-vous comment fonctionne Nyx29 ? »

Penchant la tête sur un côté pour excuser mon ignorance, je répondais : « Ce serait un exploit de le savoir. Nous ne sommes au courant de son existence que depuis cinq minutes. »

Alors, notre interlocutrice reprenait l'explication : « Par une technologie ultra sophistiquée, il repère les masses d'eau déplacées par les submersibles, créant ainsi un tracé de leurs trajectoires. Cette technologie permet aussi de localiser les courants marins qui sont aussi des masses d'eau déplacées. Est-ce que ce discours convient mieux à vos cerveaux de météorologues, messieurs ? » Nous ne prenions plus la peine de répondre, trop impatients d'entendre la suite. Elle enchaînait : « Les relevés des derniers mois ont montré des choses troublantes, mais pas question de parler de sous-marins. Non, ce sont les tracés des courants marins qui posent question. Certes, les plus connus comme le Gulf Stream sont toujours visibles, mais on note un très grand nombre de tous nouveaux courants apparus sur tout le globe. Et, coïncidence troublante, le phénomène a commencé ces derniers mois en même temps que la baisse significative du niveau des océans dont Monsieur Dumont nous parlait tout à l'heure. »

Le silence s'était fait sur cette dernière phrase. Nous étions stupéfaits. De nouveaux courants marins ! La carte que nous connaissions par cœur depuis nos études n'était plus la même ! Comme pour nous donner l'estocade, elle appuyait sur son ordinateur, qui obéissant, affichait un autre cliché pris par le satellite nous présentant la nouvelle carte. Malgré toutes ses fantaisies, Julien restait un vrai cartésien et il était encore plus ébahi que moi. Il était le premier à réagir : « Mais c'est impossible qu'ça change comme ça, du jour au lendemain ? » Madame de Reech acquiesçait : « Tout à fait, Monsieur Dumont. Nous avons de bonnes raisons de penser que ce n'est pas un phénomène naturel. Et c'est là que nous avons besoin de vos compétences, Messieurs. Vous êtes des experts des courants marins, vous savez comment ils se forment, pourquoi ils prennent telle ou telle direction, pourquoi ils sont chauds ou froids... et cætera... Nous nous sommes dit qu'en vous faisant étudier ces nouveaux courants, vous pourriez nous donner des informations qui nous permettent de remonter à leurs origines, ce qui ferait gagner beaucoup de temps à nos services »

Je percevais un malaise que je ne m'empêchais pas d'exposer : « Vos services, quels services au juste ? » Sa réponse nous avait glacé les entrailles : « La D.G.S.E., messieurs, je suis un agent des services secrets... »

Jusqu'au bout, elle avait bien caché son jeu, Jaane de Reech. Elle s'était fait passer pour la collaboratrice du ministre de l'environnement, la coquine, alors que c'était la nouvelle Mata Hari. Elle nous avait ensuite expliqué que le but n'était pas de nous berner, mais que le sujet était si sensible que la rencontre avait été organisée volontairement dans un lieu où on avait l'habitude de croiser des océanologues. Elle nous expliquait que nous étions réquisitionnés par l'État français et tous nos espoirs de vouloir éviter de participer à cette histoire d'espionnage étaient balayés d'un coup. Comme il ne nous restait plus comme liberté que celle d'obéir, elle nous donnait les prochaines directives. L'étape suivante était de rencontrer nos homologues américains, car chez l'oncle Sam, aussi, ils avaient mobilisé deux scientifiques. Eux, travaillaient à l'institut océanographique Scripps de San Diego, un des plus importants au monde. Ils allaient nous rejoindre en Charente-Maritime d'ici trois semaines, cela risquait de leur faire drôle aux cow-boys de débarquer chez les ploucs. Leur couverture était un séjour de trois mois dans le cadre d'un échange de pratiques entre nos labos respectifs, procédure très couramment employée dans le domaine scientifique.

Elle nous faisait ensuite apprendre par cœur des codes permettant de nous connecter à un réseau informatique secret contenant des documents à étudier, notamment des vidéos, clichés, chiffres et données enregistrés par Nyx29. Le colonel de Reech, c'était son grade, nous remettait aussi un téléphone portable sécurisé permettant de rester en contact avec elle. Enfin, elle nous donnait comme dernière consigne, celle de ne jamais l'ouvrir, interdiction totale pour nous de parler de l'affaire à qui que ce soit, y compris les collègues, la famille ou les proches.

***

Quelques minutes plus tard, nous déambulions tous les deux sur le trottoir du boulevard Saint-Germain, un peu groggy, réalisant peu à peu que notre existence prenait un virage que ni Dumont, ni moi, n'avions ni imaginé, ni choisi.

J'éprouvais des tas de sentiments bien différents les uns des autres : j'étais à la fois très fier d'avoir été plébiscité, mais aussi révolté que les choses m'aient été ainsi imposées. J'éprouvais une irrésistible sensation d'aventure qui se mélangeait à de la peur, de l'angoisse, une intime conviction d'être en danger. Dumont, lui, ne savait pas quoi dire, mais, comme il s'était efforcé de tenir sa langue pendant les presque deux heures d'entretien au ministère, le besoin de réactiver son moulin à paroles était plus fort que son manque d'inspiration. Le malheureux ne cessait de répéter des séries de « Ben, dis donc » qui s'alternaient avec des « Ah la la », ponctués par des « Tu t'rends compte… ».

Afin d'élever un peu le niveau de la conversation, je décidais de le féliciter pour sa bonne tenue au ministère : « En tout cas, Julien, t'as été impec', un vrai gentleman. Et, au fait ! D'où, tu l'as sortie, ta tirade toute faite sur l'évolution des niveaux marins ? » Je voyais naître dans son regard une lueur de fierté. Il fallait bien le reconnaître, c'était la première fois que je le complimentais depuis longtemps et cela lui faisait du bien à cette bonne pâte de Dumont.

Il me répondait sur un ton victorieux : « Ça te l'a coupé hein ? Ma poule ? C'était l'intro de mon premier cours d'océanographie en école d'ingénieurs. La prof, c'était une putain d'bombe et je voulais l'impressionner et du coup, j'avais appris par cœur le premier cours… Bon, j'me suis jamais tapé la prof… Mais le texte, j'l'ai jamais oublié… »

Lundi 8 mars 2049 - 16h30 - Gare de La Rochelle

Je m'étais débrouillé pour venir seul, c'est-à-dire sans Julien, qui après l'épisode parisien, s'était à nouveau consacré à sa plus grande passion : le pastis. J'avais cru un instant que la perspective de cette mission secrète allait enfin donner un sens à sa vie et le faire sortir de sa dépression, mais je m'étais trompé. Après avoir passé une journée avec moi à étudier les relevés effectués par Nyx29, il m'avait lamentablement lâché, reprenant son rôle de fantôme du labo, se déplaçant de bureau en bureau, pour saouler ses collègues de conversations à sens unique.

En plus, il s'était mis en tête d'organiser un repas avec mon père et moi dans le foutoir qui lui servait d'appartement, « en souvenir de cette grande journée de pêche », comme il aimait dire. Chaque fois, qu'il était avec moi, j'avais droit à ce sujet et cela n'en finissait jamais : « Bon, Lucien. C'est simple. Moi, tu m'dis la date que tu veux... Enfin, tu vois avec ton père s'il est disponible... Mais tu m'donnes la date et je prépare la bouffe... Mon chili con carne au vin rouge... Ma spécialité... Toi, tu connais, mais ton père, non... Et on se fait une bonne petite bouffe tous les trois… Tu choisis la date, ok ? Moi, j'm'en fous, ch'uis seul… Ch'uis libre tout l'temps. Alors, tu choisis, ok ? »

Je dois avouer que je n'avais tellement pas envie de ce repas que je ne lui proposais jamais de date, ce qui avait pour conséquence de le mettre en auto-allumage. Mes « c'est une bonne idée », « pourquoi pas » ou « faut voir » le faisaient repartir en boucle, entraînant sa conversation dans une forme de mouvement perpétuel.

Donc, mon binôme n'étant pas vraiment dans sa période bleue, je préférais venir seul chercher les Américains. Car c'était le grand jour, leur avion s'était posé à Roissy la veille, et, après une soirée d'Américains à Paris, ils nous rejoignaient par le dernier fleuron de la S.N.C.F., le « T.G.V. solaire », départ de Paris Montparnasse à 15h28, arrivée prévue en gare de La Rochelle à 16h36.

Le train arrivait à l'heure sans crier gare et les voyageurs commençaient à se répandre le long des voies pour s'engouffrer dans les entrailles de la station.

La veille, j'avais eu le colonel de Reech au téléphone, elle m'avait donné le nom de nos deux invités et je me retrouvais sur le quai avec une ardoise sur laquelle était écrit : « Mr Brown - Mr Downing ».

Une fois le gros de la foule passée, le train reprenait sa course vers sa prochaine destination, Bordeaux, berceau de ma jeunesse. Mais ma chère ville natale n'était pas le cœur de mes préoccupations quand je réalisais que le quai était presque désert sans le moindre signe de présence de mes Américains.

Je m'apprêtais à brandir mon téléphone sécurisé quand on me tapait sur l'épaule. Lorsque je me retournais, j'avais en face de moi un homme grand, blond, les cheveux très courts, la trentaine. Il avait les yeux d'un gris bleus très profond, une mâchoire carrée, des pommettes saillantes et un nez laissant deviner une très ancienne fracture. C'était le genre « belle gueule cassée », de la race des surhommes sur lesquels les ménagères de moins de cinquante ans se concentrent en fermant les yeux lorsque « papa » se décide enfin à accomplir son devoir conjugal, le samedi soir après l'émission de variétés et la tisane. Je devinais instantanément qu'il devait être un de mes Américains et son accent au bon goût de bubble-gum, de cheeseburger et de beurre de cacahuète me le confirmait : « Bonne jouww, monsieuw ! Escuse me ! Vous être monsieuw Vainqueuww ? »

Je hochais la tête en souriant. Il se présentait, c'était le professeur Mitch Brown, il parlait finalement plutôt bien français et son accent s'était estompé par rapport aux premiers mots qu'il avait prononcés devant moi, le stress de ne pas être certain d'avoir trouvé la bonne personne l'empêchant certainement de rassembler tous ses esprits pour produire son meilleur Français.

Car il était nerveux, Mitch, et je comprenais pourquoi quand il m'expliquait la situation. Son binôme était à deux cents mètres de là, sur le même quai, allongé sur un banc... ivre mort.

Mitch m'expliquait que la veille, ils avaient tous les deux découvert « Paris by Night ». Après le diner-spectacle du Lido, Mitch était parti sagement se coucher, mais son coéquipier avait poursuivi l'aventure. Mitch ne s'était aperçu que le lendemain, que son collègue n'était pas rentré de la nuit. En toute fin de matinée, le commissariat du huitième arrondissement avait téléphoné à son hôtel pour lui demander de venir chercher son ami qui avait été interpellé dans la nuit en train d'uriner sur les marches de l'église de la Madeleine en chantant « God save the Queen ». Si je n'avais pas été un contemporain de Dumont, d'autres éléments de cette histoire auraient pu me choquer, mais, à ce point précis, mon seul souhait était de comprendre comment un citoyen américain pouvait préférer interpréter l'hymne britannique plutôt que celui de sa mère nation. Mitch éclairait ma lanterne en me précisant que son équipier était en fait un Anglais de pure souche immigré aux États-Unis d'Amérique.

Il m'expliquait ensuite, qu'après l'avoir récupéré, il avait réalisé que l'anglais n'avait pas dessaoulé de la veille et, pire, qu'à peine sorti du commissariat, il s'était jeté dans la première boutique pour y acheter une bouteille de whisky qu'il avait aussitôt commencé à siffler. Il avait continué à s'arsouiller le reste de la journée jusqu'à s'endormir dans le train. Mitch avait eu un mal fou à le débarquer du wagon et il l'avait déposé sur le premier banc venu avant d'essayer de me trouver. Bien évidemment, Mitch était confus et s'excusait pour les frasques de son camarade. Sur un ton compréhensif, je le rassurais en lui proposant d'aller ramasser cet Anglais dont je brûlais de faire la connaissance.

Il était resté sagement sur le banc. Visiblement, il venait de reprendre ses esprits et se grattait la tête, se demandant bien où il pouvait être.

Mitch faisait les présentations : « Monsieur Vainqueur ! Je vous présente Trevor Downing ».

Le brave Trevor se contentait d'un signe vaguement inspiré du salut de la « Royal Air Force », sous l'effet duquel il manquait de perdre l'équilibre.

Il était mignon, Trevor. Tout l'inverse de Mitch, déjà, plus âgé, pas loin des cinquante à mon avis, petit, rondouillard, le bide dépassant de la chemise qui refusait catégoriquement de rester coincée dans le pantalon. Ses cheveux, dont la couleur naturelle était l'orange vif, commençaient à se dégarnir sur le haut du crâne. Il avait le teint rose d'un cochon de lait et une expression dans le visage qui forçait la sympathie.

Nous profitions de sa reprise de conscience inespérée pour le faire marcher jusqu'à ma voiture. Vu la bête, c'était cela de moins à porter.

Il se rendormait pendant le trajet, produisant des ronflements de dinosaure, excluant pour nous toute possibilité d'avoir la moindre conversation sur la route. Nous allions jusqu'à Rochefort où nous avions loué pour eux un petit trois-pièces dans le centre.

Arrivés sur place, impossible de réveiller Trevor, nous n'allions pas échapper à la manutention. Une fois notre Anglais bien bordé dans son nouveau lit, je proposais à Mitch de l'emmener chez moi pour la soirée et de le raccompagner après le repas. Il acceptait avec grand plaisir, lui qui s'imaginait déjà vivre un réveillon mortel, seul dans cet appartement vibrant comme un cor des Alpes sous l'effet des déflagrations produites par le pharynx de son camarade britannique. Mitch était d'autant plus soulagé, qu'il avait vite vu que la ville de Rochefort n'était pas en mesure de lui offrir beaucoup de possibilités de divertissements un lundi soir. Les animations de la ville se limitaient au bar tabac et au vieux ciné-club qui, ce soir-là, projetait un film du siècle dernier peu accessible pour un Californien fraîchement débarqué en France : « On se calme et on boit frais à Saint-Tropez », du très grand réalisateur

Max Pécas, qui a l'instar d'un Van Gogh ou d'un Modigliani, n'avait connu le très grand succès qu'à titre posthume.

Mitch était vraiment le genre de type avec qui je m'entendais à merveille. Il était à la fois vif, percutant et intelligent tout en débordant de considération et de respect pour l'autre. Il avait aussi un sens de l'humour très subtil qui me plaisait assez. Il était bien parti pour devenir un excellent ami. En fait, il allait devenir bien plus.

***

Cette première soirée avait été délicieuse. Mitch avait fait la connaissance de ma femme, Louisa, et de ma fille, Doris. Nous avions dîné joyeusement tous les quatre, évoquant tous les sujets : les États-Unis, la France, les choses à faire dans la région, les huîtres, les hamburgers, le sport, la musique, la Californie, la politique, nos origines, nos familles... Mitch nous apprenait que malgré ses trente ans, il était encore célibataire et vivait toujours sous le toit de ses parents. Il avait consacré sa vie à l'océanographie et n'avait pas eu le temps d'envisager d'avoir un jour une vie de famille. Tout comme moi, il adorait aussi pratiquer le surf, et je lui promettais de le conduire très prochainement sur les meilleurs spots du coin. Il aimait aussi beaucoup la musique, et, quand il avait appris que Doris écrivait et interprétait des chansons, il avait insisté pour qu'elle lui en chante une ou deux. La petite avait pris sa guitare et nous avait joué quelques titres. Mitch semblait très touché par sa musique.

Il faut dire qu'à un peu plus de dix-sept ans, Doris était déjà très douée. C'était mon père, lui-même musicien, qui avait repéré ce don chez elle quand elle avait tout juste six ans. Il nous avait proposé d'essayer de cultiver ce talent et avec Louisa, nous avions donné notre accord, ne craignant pas que mon père essaye d'en faire un singe savant, lui-même ayant en horreur le monde du spectacle au point d'avoir renoncé à toute carrière musicale. Les résultats devenant vite très encourageants, Doris avait dû suivre une scolarité adaptée laissant davantage de place à son travail de la musique. Avec mon père, ils se voyaient au moins une fois par semaine pour composer tous les deux de belles chansons folk qu'ils interprétaient régulièrement dans les bars à concerts des environs. Ce soir-là, Doris avait terminé sa prestation sur un tonnerre d'applaudissements et, au moment de dire au revoir, Mitch avait promis qu'il viendrait au prochain concert.

Sur le chemin du retour, je réalisais que nous n'avions toujours pas évoqué l'affaire. Il faut dire que Mitch avait exercé sur Louisa et Doris une telle fascination que les deux femmes de ma vie ne nous avaient jamais laissés seuls.

Dans la voiture, je glissais à ce nouvel ami que je tutoyais désormais : « Sinon, Mitch. Qu'est-ce que tu en penses de cette baisse du niveau des océans ? » Il répondait si rapidement que je comprenais qu'il était lui aussi très impatient d'aborder le sujet : « C'est exceptionnel, Lucien ! Amazing ! Tellement inattendu qu'aucune hypothèse cartésienne ne me vient à l'esprit. And you, any idea ? »

Je secouais la tête : « Non, pour l'instant, à part la conviction que ce n'est pas un phénomène naturel…

Après savoir si c'est une pollution, des signes avant-coureurs d'un cataclysme ou les petits hommes verts, difficile à dire... »

Mitch allait dans le même sens : « Je suis Ok. It's my opinion too. Maintenant, à nous d'essayer de tracer l'origine de ces courants. Tu veux qu'on travaille comment ? »

Je saisissais la perche qu'il me tendait pour lui donner mon avis : « Je propose qu'on travaille ensemble, mais surtout tous les deux. »

Devant l'étonnement de Mitch, je reprenais : « Il faut que tu saches que mon binôme est une version française du tien. Autant imbibé, si tu vois ce que je veux dire. Nous avons tous les deux notre boulet, Mitch. Et plus ça va, plus je pense que cela a été prévu ainsi dans le but de brouiller les pistes. Qui pourrait imaginer que deux pareils poivrots puissent être missionnés pour un travail aussi important ? Du coup, ça nous laisse travailler discrètement tous les deux... Je propose qu'on les laisse faire la tournée des grands-ducs pendant qu'on se met au boulot. Qu'est-ce que tu en penses, Mitch ? »

Il paraissait enthousiaste : « Perfect ! Lucien ! Je crois que nous nous sommes bien trouvés. Good work ! On commence dès demain matin ! »

***

Le jour suivant, nous organisions une réunion très courte à quatre, afin de distribuer les rôles. Nous proposions à Trevor et Julien de se charger de la partie terrain en effectuant des relevés le long du littoral pendant que Mitch et moi resterions au labo à étudier les documents produits par Nyx29.

Les deux larrons semblaient satisfaits, voyant dans ce travail en extérieur l'opportunité de pouvoir faire quelques pauses bistrot loin de nos regards sévères.

Les journées commençaient à s'enchaîner sur ce rythme. Avec Mitch, nous travaillions d'arrache-pied, calculant, analysant, supposant, échafaudant, faisant, défaisant, observant, concluant... Mitch était de quinze ans mon cadet et il avait en lui la fougue des jeunes chercheurs. Je réalisais qu'il était animé par une audacieuse passion qui m'avait abandonné au fil du temps. Grâce à lui, je la retrouvais. Son enthousiasme à mener les recherches me faisait renaître.

De leur côté, Trevor et Julien s'entendaient tellement bien que l'anglais finissait par venir s'installer dans la baraque de mon équipier située à cinquante mètres du labo. On aurait pu craindre le pire d'une telle cohabitation, mais il n'en était rien. Certes, les soirées des deux compères étaient arrosées plus que de raison, mais le matin, ils étaient toujours au labo, fidèles au rendez-vous, prêts à faire rugir le rotor de la voiture de service pour se rendre sur les lieux de leurs prochains relevés. Il y avait une explication à leur attitude studieuse. Julien s'était mis à imiter Trevor qui ne buvait jamais la journée, enfin, cela lui arrivait tout de même occasionnellement quand il se réveillait encore ivre comme le jour de son arrivée de Paris, par exemple. Cela s'était reproduit pendant son séjour en Charente, mais uniquement les week-ends. Je l'avais su par Dumont qui, à la manière d'Homère contant l'Odyssée, relatait tous les lundis leurs exploits dans les boites de nuit de la région.

La sobriété en journée de Trevor me permettait de découvrir une autre facette du personnage. Trevor avait un côté Docteur Jekyll et Mister Hide. Quand il avait bu, il était volubile, provocateur, exagéré, bavard, grivois, caricatural, sans limite. À jeun, ce n'était plus le même homme. Il était très calme, timide, ne parlait que très peu et très doucement, avec toujours un petit sourire gêné qui le rendait fort sympathique.

Je découvrais aussi que c'était un scientifique brillant, simplement, comme Julien, il avait eu un accident de la vie. Mitch m'avait expliqué qu'il s'était mis à boire après le décès de son épouse et ses deux enfants dans un accident d'avion, vingt ans plus tôt. Depuis, Trevor vivait avec pour seule compagne sa bouteille de whisky.

Après le départ de Trevor chez Julien, Mitch gardait l'appartement de Rochefort pour lui seul, et prenait tous ses repas chez nous. Louisa et Doris l'adoraient, il faisait presque partie de la famille. Les week-ends, il était de toutes les sorties. Nous en profitions pour lui faire visiter la région, mais aussi, aller faire du surf, pêcher ou assister aux petits concerts de Doris et mon père.

Cette période était très agréable à vivre, mais, il y avait tout de même une ombre au tableau. Avec Mitch, nos travaux de recherche restaient toujours aussi exaltants, seulement, nous ne trouvions rien, absolument rien. Nos théories, démonstrations, calculs ne faisaient que tourner en rond.

Au fil des semaines, Madame de Reech me téléphonait de plus en plus régulièrement et la pression montait. Mitch recevait lui aussi des appels similaires de la part de l'agent de la C.I.A. qui lui servait de contact. Même si aucune obligation de résultat ne nous avait été imposée, nous sentions, l'un comme l'autre, un agacement croissant de la part de nos donneurs d'ordre.

Pour essayer d'accélérer les choses, nous avions décidé de changer de stratégie, en faisant finalement réellement travailler Julien et Trevor sur ce projet, mais nous ne voyions pas l'issue. Pourtant, Trevor allait nous sortir de l'impasse.

Mercredi 12 mai 2049 - 9h45
Laboratoire de Météorologie, Châtelaillon-Plage

Nous étions dans la salle de repos à prendre un café. Marwani, avec son éternel costume noir buvait le sien assis sur une chaise, silencieux. A chaque gorgée, ses yeux, comme déconnectés par une profonde concentration, scrutaient le vide droit devant lui. J'imaginais qu'il devait réfléchir à une nouvelle stratégie pour appâter la jeune Jennifer.

Dans un autre coin de la pièce, il y avait Edgar Godard, un collègue que je ne pouvais pas sentir, le genre premier de la classe pas intelligent, pas intéressant, pas sympathique, et bien entendu, convaincu d'être le contraire. Il se tenait debout dans un coin de la pièce, sa tasse à la main. Il ne parlait pas, mais, en brûlait d'envie. Comme un nouvel élève cherchant à se faire au plus vite des camarades, son regard balayait la pièce, prêt à s'accaparer le premier interlocuteur potentiel. Mitch et moi l'ignorions, occupés à remplir nos tasses.

Dumont entrait dans la pièce d'un pas vif et déterminé, déjà surexcité, comme tous les matins. Julien était comme ça, il avait beau s'être saoulé une partie de la nuit, au réveil, il était animé d'une énergie rare, il était « du matin ».

À peine entré, il rompait le silence : « 'lut tout le monde ! Trevor est pas arrivé ? »

Je lui répondais du tac-o-tac : « Ben non ! Vous ne couchez plus ensemble ? »

Julien souriait : « Rhoo ! T'es con ! Lulu ! Non, ce matin, l'est parti plus tôt. Il voulait passer à la digue et préparer le bateau pour not' sortie d'aujourd'hui. Et on devait se rejoindre ici, au labo… »

Je l'interrompais : « Vous partez en mer ? »

Il acquiesçait : « Ouaip ! D'puis une semaine, j'sais pas ce qui lui prend. Il m'a fait sortir l'artillerie lourde niveau matos, le courantomètre radar hautes fréquences à visée spectrométrique, le profiler à ultrasons. L'a fait tout un tas d'mesures du côté d'Fouras, j'ai pas tout suivi… Et là, il veut faire des relevés en mer… Mais ce qui m'inquiète le plus, c'est qu'en ce moment, y boit presque plus rien. Il doit être malade. »

Pendant que Julien parlait, je voyais cette saloperie de Godard tendre l'oreille au point d'en donner des complexes à un éléphant. Son regard de hyène brillait de jubilation. Il prenait cette expression chaque fois qu'il avait l'opportunité de satisfaire sa curiosité malsaine. Et ces derniers temps, le mystère autour de la présence au labo de Trevor et Mitch le rendait malade.

Officiellement, il avait été dit au reste du personnel que Dumont et moi-même avions la charge de faire partager nos méthodes de travail à nos visiteurs. Cela ne satisfaisait pas l'esprit torturé de Godard qui passait ses journées à questionner tout le monde pour essayer d'en savoir plus.

De peur que Julien n'en dise trop devant cet espion de pacotille, je coupais court : « T'inquiètes pas Julien, il ne va pas tarder. Viens plutôt avec Mitch et moi dans mon bureau, j'ai un sacré scoop, les gars… »

Je n'avais bien sûr rien à leur raconter de croustillant, mais tout en prononçant cette phrase, j'observais la tronche de fouine de Godard devenir blême en réalisant qu'il allait être privé du ragot que je promettais à mes amis. La vie est parfois faite de joies simples.

***

Nous étions à peine entrés dans mon bureau que l'on frappait à la porte. C'était Trevor qui nous rejoignait. Il portait un caban en feutre bleu marine, un pantalon en toile cirée jaune et des bottes en caoutchouc. Pendant qu'il me serrait la main, je l'interpellais : « Alors, captain Trevor. On part à la pêche sans nous ? »

Comme je devinais un léger malaise dans son regard, je le rassurais d'un sourire. Plus confiant, Trevor justifiait : « J'allais vous en parler, boys, mais je crois que j'ai trouvé un truc… Mais il faut que j'effectue des relevés en mer pour confirmer… »

Il avait une expression que je ne lui connaissais pas, un air concentré, réfléchi, posé. Nous étions pendus à ses lèvres, comme les disciples à celles du vieux philosophe sur le point de prononcer un premier mot après cinquante ans de méditation dans le silence. Nos regards devaient dessiner des points d'interrogation, car Trevor se sentait obligé d'en dire plus : « I don't think…euh, je ne pas penser que ce sont des courants marins... J'aurai la preuve ce soir... »

Il avait l'air sûr de son affaire l'ami Trevor et je le trouvais admirable d'avoir eu cette idée. Il fallait reconnaître qu'avec Mitch, nous n'avions jamais imaginé cette hypothèse. Nous étions partis bille en tête, nous basant sur les interprétations du phénomène par les services secrets. Je mesurais que notre cheminement s'était complètement écarté de la méthode qui consistait à partir de zéro. On nous avait parlé de courants marins, et nous avions pris cela pour argent comptant. Je n'étais pas fier, et avec le recul, je me trouvais bien misérable d'avoir mis, dans un premier temps, Trevor et Julien sur la touche, pensant qu'avec Mitch nous détenions la toute-puissance.

Tout à coup, je mourrais d'envie de faire cette sortie en mer, mais comment proposer mes services à Trevor sans passer pour un opportuniste ? Je me contentais de glisser : « Tu as besoin d'un coup de main, tu veux qu'on t'accompagne ? »

Je voyais son visage s'illuminer : « Oh yes ! Lucien ! Avec plaisir ! Ce serait un great honneur ! Je profiterai pour expliquer vous... »

Le temps de nous équiper et de nous rendre à pied jusqu'à la digue, Trevor nous avait fait un exposé de ses recherches. Dès les premiers jours où nous lui avions demandé de revenir au labo pour travailler avec nous sur les relevés effectués par Nyx29, il s'était intéressé à une photo satellite ciblant particulièrement l'Atlantique nord. Il avait observé plus précisément les côtes de notre région, au départ par curiosité de la topologie des lieux, comme on peut le faire avec une carte routière d'un endroit où l'on séjourne pour des vacances. Il avait fini par repérer qu'un des pseudo-courants relevés par Nyx29 semblait se former à un peu plus d'un mile nautique de la plage jouxtant le labo, vers le sud en direction de la pointe de Fouras.

Réalisant l'aubaine d'avoir un échantillon du phénomène à portée de main, Trevor décidait d'en faire l'analyse la plus précise. Aidé de Dumont, il empruntait le matériel du labo, qu'il installait dans différents points stratégiques du littoral afin d'effectuer des relevés lui permettant de dessiner le portrait-robot du fameux pseudo-courant. Nous disposions d'appareils équipés d'un dispositif à visée laser suffisamment puissant, permettant, à distance, depuis la côte, de relever des données déjà extrêmement précises. Habitué à manipuler ces drôles de machines, Trevor avait mis moins d'une semaine à établir le profil génétique de ce courant inconnu.

Habituellement, un courant marin traditionnel se définissait par un mouvement d'eau de mer continu et cyclique caractérisé par des différences de température, de densité et de salinité. Concernant le courant étudié par Trevor, on ne décelait pas ces particularités, aucune différence avec les eaux au milieu desquelles il circulait. Trevor souhaitait désormais partir en mer pour effectuer des prélèvements dans le but de confirmer ces premières analyses et de les comparer à un échantillon prélevé en dehors de ce mystérieux courant.

Les hypothèses de Trevor allaient plus loin. Il avait essayé de suivre visuellement la direction prise par cet étrange flux. Ce n'était pas évident, car d'autres courants semblaient venir s'additionner le long du trajet, formant progressivement un méli-mélo assez indéchiffrable, mais il lui semblait que les eaux se déplaçaient selon une trajectoire qui s'éloignait de nos côtes en descendant vers le sud pour longer l'Afrique, franchir le cap de Bonne-Espérance et pénétrer dans l'océan Indien. Ensuite, il se mélangeait à d'autres et cet ensemble semblait se diriger vers l'est pour passer au sud de l'Australie et, une fois entré dans le Pacifique, remonter vers le nord où l'on perdait sa trace. Cette trajectoire semblait aussi atypique, ce courant n'ayant visiblement pas non plus la propriété cyclique de ceux que nous connaissions.

La journée sur le bateau était fort agréable. Il fallait reconnaître que le printemps était au rendez-vous cette année-là. Il faisait plus de vingt degrés et le soleil radieux honorait l'océan en y plongeant dans un ballet de reflets argentés. Le temps magnifique composait l'harmonie de notre humeur joyeuse. C'était un jour où l'océan était en paix et le clapotis berçait notre quiétude.

Nous éprouvions la sensation de vivre une paisible journée de pêche en mer entre amis, même si notre butin se limitait à quelques bidons d'eau salée.

Trevor avait prévu l'intendance lourde, un copieux pique-nique arrosé de bières fraîches. Cette belle journée allait être le point de départ, la naissance d'une magnifique bande d'amis pour la vie, le Graal pour celui qui plaçait la relation humaine au centre de ses préoccupations.

De retour au labo, je me disais que, même si à ce stade, il était impossible de tirer des conclusions, j'aurais enfin quelque chose à raconter à Madame de Reech lors de notre prochaine conversation téléphonique.

Nous commencions les analyses dès le lendemain, densité, salinité, composition biologique, radioactivité. En nous y attelant tous les quatre, nous obtenions les résultats en moins de deux jours, juste avant le week-end qui s'annonçait.

Les calculs de Trevor étaient confirmés, aucune différence entre les eaux composant ce courant mystérieux et celles des alentours. Nous avions les données, il fallait désormais émettre les bonnes hypothèses.

Je contactais Madame de Reech sur le téléphone sécurisé afin de l'informer de l'avancée de nos travaux. Elle semblait soulagée par notre découverte et nous retrouvions le ton détendu de nos premières conversations.

Le vendredi soir, afin de ne pas nous quitter comme de vulgaires collègues et pour fêter dignement notre avancée dans nos recherches, Julien proposait de planifier « une soirée entre mecs » le samedi suivant. Je savais que ce bon bougre recherchait là une occasion de s'arsouiller autrement qu'en tête-à-tête avec Trevor, j'acceptais toutefois de participer à cette sortie. Au-delà de l'idée de passer du bon temps, c'était une occasion supplémentaire de réfléchir et d'échanger ensemble sur nos travaux. J'avais la conviction que la solution viendrait de nos discussions, et que la multiplication de nos rencontres augmenterait nos chances de trouver quelque chose.

Comme nous acquiescions unanimement, Julien était volontaire pour organiser la sauterie. Nous étions d'accord à la condition qu'il nous propose autre chose qu'une soirée chez lui à déguster son chili con carne au vin rouge.

Samedi 15 mai 2049 - 20h15
Restaurant « La Moule au Ventre » - La Rochelle

Il avait le chic pour dégotter les établissements les plus distingués, Julien.

« La Moule au ventre » était un bar à fruits de mer situé dans une rue étroite à la fois proche et isolée du centre. C'était le genre repère à pirates, rien à voir avec les restaurants chics du vieux port.

Julien nous en avait parlés à de nombreuses reprises de ce troquet. Cela faisait partie de ses sujets de conversation récurrents. Et comme toujours, il nous saoulait de ses paroles en boucle, comme quoi il avait découvert l'endroit à l'occasion du repas des anciens du foot, qu'il y avait une formule à volonté, que pour ceux qui n'aimaient pas les moules et les coquillages, il y avait aussi de la viande, qu'un de ces quatre, il nous inviterait... etc... etc... Il n'y était allé qu'une seule fois, mais il essayait toujours de se donner l'image d'un habitué. Comme tout bon V.I.P. branché qui se respecte, il appelait le gérant par son prénom et nommait l'endroit avec un diminutif : « Bon les gars ! Quand est-ce que je vous emmène manger à « La Moule » chez mon pote Bernard ? »

Pendant un temps, nous étions parvenus à repousser ses avances, mais il avait fini par trouver un subterfuge pour nous faire pénétrer dans « La Moule ».

Ce soir-là, il n'avait rien voulu nous dire sur le restaurant qu'il avait réservé, pour nous faire soi-disant la surprise, et, ce n'était que devant la façade miteuse que nous réalisions la supercherie. Il était trop tard pour faire demi-tour, le monstre était sur notre chemin, il fallait l'affronter.

À l'intérieur, tout était en bois teinté sombre, façon pub anglais : du plancher, des lambris, des poutres. Les clients s'installaient autour de tables composées d'un plateau de bois reposant sur un tonneau et s'asseyaient sur des tabourets de bar dans le style de Thonet. L'endroit aurait pu être chaleureux s'il avait été entretenu, mais à « La Moule au Ventre », tout ce qu'on pouvait toucher, semblait coller, le sol, les sièges, les tables, les verres, les couverts... Tout était recouvert d'une fine couche graisseuse. Ainsi, malgré sa formule à volonté, l'établissement ne faisait pas le plein.

Ce samedi soir, seulement trois des douze tables disponibles étaient occupées, dont la nôtre. Nous étions disposés en cercle autour d'une table-tonneau, Julien radieux d'avoir réussi à nous traîner jusque-là, Mitch, Trevor et moi-même, explorant les lieux de regards désespérés, cherchant un endroit où poser nos coudes sans salir nos manches.

Derrière le comptoir, un type d'une soixantaine d'années, s'occupait en lisant un magazine dédié aux paris hippiques. C'était un bonhomme plutôt petit, un peu grassouillet, avec des cheveux bouclés gris ardoise et tellement fins qu'ils laissaient deviner la forme de son crâne. Sur le bout de son nez, des lorgnons aux branches complètement tordues lui permettaient de déchiffrer son hebdomadaire. Grâce à Dumont, nous ne tardions pas à apprendre qu'il s'agissait du fameux Bernard, le patron des lieux, et, selon notre ami, ce n'était pas le dernier pour mettre l'ambiance. Comme pour nous prouver sa grande complicité entre lui et le patron, Julien se permettait : « Salut Bernard ! La forme ? »

En guise de réponse, Bernard commençait à se curer l'oreille gauche à l'aide d'un stick à cocktails ventant les mérites de la maison Campari. Ne disposant pas de dictionnaire de la langue des signes, nous étions dans l'incapacité de décoder le message envoyé par le délicat gérant. Bonne âme, Julien venait immédiatement à notre secours en se lançant dans une tentative de traduction : « Bon, l'est occupé là. Je lui parlerais t'à l'heure, vous allez voir, il est très chic ! »

Trevor, avec son sens des priorités, lui rétorquait : « However, Julien, il faudrait commander les drinks, and only your friend Bernaouw peut nous servir. »

Julien coincé, ne se dégonflait pas : « T'as raison mon pote. J'vais aller commander direct au comptoir, vous prenez cuoi ? Trevor, whisky comme d'hab', et les deux premiers d'la classe, des bières, c'est ça ! Vous voyez, j'vous connais par cœur. »

Et il se levait, très fier de son numéro de Madame Irma du zinc. Toutefois, Julien paraissait de moins en moins conquérant au fur et à mesure qu'il s'approchait du fameux Bernard, sympathique à faire passer une porte de prison turque pour un animateur du Club Méditerranée.

Devinant la proximité de Dumont dont la carrure commençait à faire de l'ombre à son journal, le gérant lâchait un « Ouais ? » sans prendre la peine de lever ses yeux de fouine restés vissés dans son canard. Julien, un peu gêné, arborait son sourire le plus niais pour prendre une toute petite voix que je ne lui connaissais pas, lui, qui habituellement, s'exprimait toujours très bruyamment : « Sa... Salut, Bernard ! On voudrait commander des apéros... S'te plait... »

Afin d'identifier l'énergumène qui avait perturbé sa lecture, le patron levait un seul œil sévère en direction de mon binôme : « D'où tu connais mon prénom, toi ? »

Le visage de Julien se colorait d'un coup. Tel un feu tricolore, il venait de passer au rouge. S'il y avait une chose qu'il n'aimait surtout pas, c'était bien d'être pris à défaut, enfin, plutôt de se rendre compte qu'il perdait la face, car il y avait de nombreuses situations où il n'en avait aucune conscience. Mais, là, c'était le coup de massue. Julien nous avait encore interprété son Tartarin de Tarascon et il se faisait prendre la main dans le sac de sa mythomanie chronique. Toutefois, l'idée de faire un mea-culpa ne traversait même pas son esprit. Tel un homme politique mis en examen, il allait se battre pour retrouver le chemin de la dignité. La meilleure défense était l'attaque.

Sa réaction était presque immédiate. Il ne laissait pas à son visage le temps de reprendre sa couleur naturelle que déjà, il répondait à Bernard en chuchotant, histoire de nous en laisser entendre le moins possible : « Mais si......... Souviens pas....... La soirée...... Presque deux ans.......... Repas du foot...... Bien marrés....... Deux heures du matin... »

Intrigué, le gérant décidait d'ôter ses lunettes tordues et de contempler le plafond vermoulu pour partir en expédition au fin fond de sa mémoire, à la recherche de cette soirée du foot si chère à Julien. Ces fouilles dans les antres de son esprit se révélant vite infructueuses, Bernard préférait mettre ce qui lui restait de jugeote au service de son sens inné du commerce, celui grâce auquel il avait bâti cet empire qu'était « la Moule au Ventre ». Pendant qu'un sourire malicieux commençait à poindre sur son visage rondouillard, son regard semblait tout à coup plein d'intérêt pour Julien. Poussé par son instinct de commerçant enivré par le parfum des billets de banque, il prenait sa voix la plus amicale : « Ah oui. Ça me revient ! Le repas du foot, là, machin chose ? Oui, je me souviens, y a deux ans ? Même que vous aviez mangé ici ? Ben, mes busards, c'était une soirée, ça... »

Il avait tellement peu parlé auparavant, que je venais à peine de me rendre compte qu'il avait un accent charentais comme on n'en fait plus depuis longtemps, celui que l'on pouvait encore entendre dans les campagnes lorsque j'étais enfant.

Julien souriait béatement et acquiesçait à chaque boniment que ce grigou de gérant lui faisait avaler. Il était le seul de l'assemblée à ne pas deviner le numéro de serpent du « Livre de la Jungle » joué par ce vieux charentais qui avait flairé le pigeon. Après avoir passé commande, il rejoignait notre table, l'air ravi de faire partie du cercle très fermé des clients qui comptent dans cet établissement de standing. Tout en s'asseyant, il commençait à déclamer aussi fort qu'un capitaine d'infanterie : « C'est commandé ! Il nous apporte tout ça ! »

Nous n'avions pas le temps de le féliciter pour son efficacité que nous entendions déjà le tintement significatif des verres s'entrechoquant sous les chaos d'un transport sur plateau. Le rusé gérant charentais traînait les pieds en direction de notre table, apportant comme une offrande les élixirs tant convoités. Ce n'était pas le genre qui avait fait l'école hôtelière, Bernard : aussitôt arrivé, il déposait avec lourdeur le plateau au centre de la table sans se soucier de savoir à qui chaque boisson était destinée. Notre hôte ne s'embarrassait pas des expressions précieuses que l'on entend traditionnellement sur les terrasses de café. Ce n'était pas dans ses habitudes de nous servir du « Qu'est-ce qu'elle prendra la p'tite dame ? » ou « le Vittel fraise, c'est pour qui ? ». Bernard préférait se contenter d'un « Voilà » aussi viril qu'efficace, et parfaitement en harmonie avec sa personnalité.

Dumont, désormais certain de sa complicité avec le maître des lieux, croyait bon d'en rajouter une couche : « Merci. Bernard. Tu t'en jettes un avec nous, c'est moi qui offre ? »

Le tenancier répondait d'une grimace : « Non, merci... Plus l'droit. Avec ma cirrhose, j'ai l'foie comme une usine à merde. »

Il marquait ensuite un silence quasi-mystique pour mieux nous laisser savourer la poésie qui émanait naturellement de sa prose, puis écartant ses bras pour désigner notre groupe, il nous apostrophait à nouveau : « Dites donc, mes busards, vous êtes plus qu'quatre dans votre équipe eud'foot. Ça doit pas être la ligu'des Champions tous les jours, vous devez vous prend' d'sacrées avoinées ! »

Il n'en fallait pas davantage pour lancer Julien sur un de ses monologues favoris.

Après avoir expliqué, que nous étions ses collègues et pas des anciens du foot, il avait embrayé sur sa grande carrière de sportif, ses exploits, ses blessures, ne laissant pas une milliseconde à son interlocuteur pour en placer une. J'éprouvais un certain amusement à voir le patron du restaurant pris en otage par le discours interminable de mon binôme, mais je finissais par l'abandonner, prisonnier des griffes acérées de Julien, et je me tournais vers Mitch et Trevor pour leur proposer de trinquer.

Quand le discours de Dumont atteignait le seuil de tolérance du tenancier, ce dernier renfilait sa panoplie de type antipathique, ce qui lui donnait la force de l'interrompre en lui balançant une vacherie du genre « j'm'en fous. » Il attrapait ensuite quatre cartes graisseuses sur le comptoir pour les jeter sur notre table en vociférant : « Tiens ! Choisissez vos plats… On a p'us eud'bulots-mayonnaise… Et on fait p'us la formule à volonté, faut pas déconner non p'us ! »

Une fois les commandes passées, le repas avait pu commencer. Mitch, qui n'avait pas osé les fruits de mer, trouvait que son steak avait goût de poisson. Cette impression était confirmée par la découverte d'un calamar au milieu de ses frites. Trevor et Julien avaient réussi l'exploit de faire la peau à cinq bouteilles de Muscadet sans tomber de leur tabouret. Le patron avait assuré le service minimum le temps des entrées, avant d'être remplacé par son employée, arrivée en retard.

C'était une grande gigue toute maigre d'une trentaine d'années, brune, les cheveux pas lavés, frisés, presque crépus, attachés sur le haut de la tête façon palmier. Elle avait la peau très blanche avec de la couperose sur les joues, une légère moustache naissait sur son visage et ses avant-bras étaient plus poilus que ceux d'un routier portugais. Elle était vêtue d'une tenue traditionnelle de serveuse, une jupe noire poussiéreuse et un corsage blanc crasseux. Contrairement à son patron, elle mettait un point d'honneur à faire son service dans les règles de l'art, mais, malgré tous ses efforts pour réaliser la plus distinguée des prestations, elle avait dans sa façon de faire cette gaucherie touchante qui lui interdisait toute possibilité de carrière dans des établissements de plus grand standing. Elle s'adressait à la clientèle en essayant de singer les gouvernantes de grandes maisons, mais, son interprétation manquait cruellement de naturel et donnait la sensation qu'elle récitait un texte appris par cœur. Elle avait tout de suite plu à Julien, qui lui avait immédiatement servi du « c'est quoi vot' p'tit nom ? ». Elle s'appelait Nicole.

Le repas s'était déroulé dans la bonne humeur, Julien complimentait la serveuse à chacun de ses passages. Trevor, bien attaqué par le Muscadet, avait définitivement abandonné la langue de Molière pour la soirée. Il communiquait en marmonnant un dialecte assez confus d'où s'évaporaient parfois quelques effluves d'Anglais. Au milieu du repas, il s'était levé de table pour s'installer au bar, en face du gérant, et avait commandé un whisky, histoire de faire une pause avec le vin blanc. Il avait voulu engager la conversation avec le patron, dont les études en langues étrangères, limitées au « Français option Charentais », ne lui donnaient aucun sésame pour déchiffrer le jargon de notre ami britannique. Le seul mot qu'il parvenait à identifier était son prénom, que Trevor anglicisait à l'exagération : « Bernaaaouh ! »

Bernard réagissait : « Qu'est-ce tu m'dis l'Angliche ? J'comprends pas un mot d'ta bouillie eud'mots. Tu peux pas parler comme tout l'monde ? »

Puis se tournant, vers notre table, il nous apostrophait : « Dites mes busards, l'est pas beau à voir vot'copain rosbif, l'a les fils qui s'touchent, on dirait ! »

Avec Mitch, nous étions hilares. Ah ! Je ne regrettais pas ma soirée. Même si j'avais mal mangé dans ce boui-boui dégueulasse, la partie de rigolade que je me payais valait son pesant de pistaches.

Mitch et moi étions entrés dans l'ambiance au rythme de ces fous rires, et à la fin du repas, nous étions aussi cuits que nos deux comparses. Trevor avait tout de même fini par convaincre le patron de prendre un petit whisky, de faire une entorse au règlement, seulement, très vite l'entorse avait dégénéré jusqu'à l'épanchement de synovie, et, au bout d'une trentaine de minutes, le gérant avait déjà descendu les deux-tiers d'une bouteille. Le César de Pagnol disait bien que « cela dépendait de la grandeur des tiers », mais, là, les doses qu'il se servait, me laissaient à penser que l'ordre de grandeur était parfaitement respecté.

Vers minuit, nous étions parvenus à faire fuir les derniers clients, un couple à lunettes sur lequel Julien s'était acharné, faisant quelques allusions à voix très haute : « Ça, les gars, moi, j'vous dis, c'est un couple de profs, et j'm'y connais : deux binoclards... Le teint blafard... Ça mange d'la salade en faisant la gueule... L'eau minérale sur la table... J'suis sûr qu'ils ont l'autocollant d'la M.A.I.F. collé sur leur bagnole, ces deux empaffés. Y a pas photo, j'vous l'dis, c'est des profs... »

À force d'entendre les commentaires désobligeants de Dumont, les deux tourtereaux à lunettes avaient fini par prendre la poudre d'escampette, nous laissant disposer de la totalité des lieux.

Le patron, devenu jovial grâce à ses retrouvailles avec la bouteille, en avait profité pour gentiment nous séquestrer en tirant le rideau de fer. Nous étions des victimes bien évidemment consentantes.

C'était aussi le temps pour les deux membres du personnel de cuisine de nous rejoindre autour du bar. Bernard faisait les présentations. Le cuistot s'appelait Jeff, un jeune gars, la vingtaine, petit, tout mince, avec des cheveux longs, très noirs, en broussaille. Il portait un pantalon tellement serré qu'il lui faisait des jambes comme des aiguilles. Il essayait de masquer sa grande timidité par un rire contenu et gêné qu'il accompagnait toujours de la même expression : « C'est cool... »

Il m'était particulièrement sympathique, sûrement parce qu'il me rappelait un vieux copain de lycée, un féru de musique Heavy-Metal, que j'avais fini par perdre de vue.

Il y avait aussi Maria, l'aide de cuisine. D'origine espagnole, elle avait la voix rauque des chanteurs de Flamenco. Un véritable garçon manqué, cette Maria. Une fille trapue, ni grosse, ni mince, qui avait un assez joli visage, gâché par un physique trop masculin, un peu comme si on avait greffé la tête de Miss Univers sur le corps de Monsieur Muscle. Comme pour mieux exacerber son féminisme rageur, elle mettait tout de suite en avant sa pratique de la musculation et du kickboxing. Seulement, le paradoxe était là, elle devait approcher la trentaine et sa façon d'être avec les hommes laissait supposer un célibat qui lui pesait. Le pauvre Mitch lui avait immédiatement tapé dans l'œil, elle le dévorait de son regard incandescent et essayait d'attirer son attention en le chambrant lourdement à la moindre occasion.

Les deux nouveaux arrivants ne tardaient pas à s'intégrer au groupe. Maria siphonnait tout ce qu'elle pouvait pour se donner le courage de croquer Mitch. Jeff n'était pas en reste, comme pour la plupart des timides, le fait d'avoir un verre à la main le rendait plus confiant, et même s'il n'était toujours pas très bavard, on devinait plus d'assurance dans son regard.

Trevor était le premier guerrier à tomber. Aux environs de trois heures du matin, il dormait la tête dans la cuvette des W.C., qui du coup, servait d'amplificateur à ses ronflements légendaires. La porte des toilettes, restée ouverte, nous permettait de le voir se réveiller de temps en temps pour cracher, renifler ou vomir une nouvelle fois.

Pendant ce temps, Julien faisait danser le rock à Nicole la serveuse, la faisant valdinguer comme une poupée de chiffon. Mitch essayait désespérément de se défaire des offensives de Maria, qui lui parlait de plus en plus près. Bernard, le patron, s'était endormi sur une chaise et sa tête penchait dangereusement sur le côté gauche. Moi, je faisais la conversation à Jeff qui ponctuait mon discours de son expression fétiche : « C'est cool... »

Pendant que je lui parlais, je sentais la dizaine de bières que j'avais ingurgitées faire leur effet diurétique. Vu que Trevor occupait les toilettes à temps complet, je commençais par me retenir, mais, très vite ma vessie me lançait des signaux de détresse. Je demandais à Jeff : « Il n'y a pas d'autres toilettes, faut vraiment que j'aille pisser ? »

Le brave Jeff, compréhensif, me souriait : « Si. Suis-moi. C'est cool. »

Nous franchissions la double-battant à hublot nous séparant de la cuisine qui curieusement était bien plus propre que le reste du restaurant. Puis, Jeff m'indiquait du bout du doigt, une porte donnant sur la gauche de la cuisine. Je pressais le pas dans la direction indiquée en remerciant le cuistot qui me gratifiait d'un nième « c'est cool ». Je ne me donnais même pas la peine de fermer la porte derrière moi et prenais la position du Manneken-Pis le temps de me soulager.

Étaient-ce les effets de l'alcool ou bien mon imagination, mais j'avais la sensation que ce fleuve qui s'échappait de moi, n'allait jamais s'interrompre et le scientifique que j'étais tombait en pâmoison devant la contenance d'une vessie.

Quand ma source était tarie, je tirais la chasse d'eau. Le niveau d'eau montait dangereusement jusqu'à atteindre le bord de la lunette. Je commençais à craindre une inondation pour mes chaussures, mais, finalement, la manœuvre s'inversait et la cuvette finissait par se vider très laborieusement, faisant dessiner à l'eau une sorte d'ondulation. Je fixais ce tourbillon, et me mettais à cogiter, prenant, en guise de muse, cette chasse d'eau à moitié bouchée.

C'était à cet instant que le déclic se faisait en moi, une révélation, telle une apparition mystique : « Eurêka ! »

Ne prenant même pas le temps de remonter ma braguette, j'accourais euphorique vers la pièce principale. J'attrapais Mitch par la manche de sa chemise, l'arrachais des griffes acérées de Maria pour l'embarquer vers un coin de la pièce plus tranquille.

Malgré toute mon excitation, j'essayais de lui chuchoter le plus discrètement possible : « Mitch ! J'ai trouvé ! Les océans… Ils se vident ! ! ! Oui, Mitch ! LES OCEANS SE VIDENT ! ! ! »

Dimanche 16 mai 2049 - 10h45
Dans un appartement inconnu

Je n'osais pas ouvrir les yeux tellement ma tête me faisait souffrir. J'avais la sensation d'émerger après avoir reçu un coup de massue sur la nuque. J'essayais de reconstituer le puzzle de mes souvenirs de la veille, mais la fin de soirée restait floue.

Au terme d'un effort surhumain, j'ouvrais finalement les yeux. J'étais dans un appartement vieillot, avachi sur un canapé rapiécé de couvertures pelucheuses. À côté de moi, Mitch dormait comme un bébé. Par terre sur un tapis, Trevor gisait de tout son long, la bouche grande ouverte. Un grognement s'échappant de son larynx me rassurait, il était toujours vivant.

Je regardais par la fenêtre et reconnaissais la rue du restaurant, j'étais dans l'appartement au-dessus de « La moule au Ventre ».

J'ouvrais une première porte, elle donnait sur une chambre au style encore plus mité que le salon. Dans le lit, Bernard, le patron du bar, ronflait comme une vieille Harley-Davidson. J'essayais l'autre porte, elle donnait sur un palier. Je descendais l'escalier en colimaçon au bout duquel se trouvait une nouvelle porte que j'ouvrais. Je reconnaissais les cuisines du restaurant. Je reconnaissais aussi mon ami Julien en pleine séance de bête-à-deux-dos avec Nicole la serveuse.

Mon binôme avait le pantalon baissé en dessous des mollets, laissant découvrir ses fesses roses dansant la samba au rythme des gloussements de la soubrette, vautrée à plat ventre sur le plan de travail, la jupe relevée jusqu'aux aisselles. Ses deux jambes écartées semblaient en suspension dans l'air, Julien les tenant fermement plaquées autour de son bassin. L'ensemble avait la grâce d'un phœnix.

Par chance, ils étaient trop occupés pour remarquer ma présence. J'en profitais pour filer dans la salle principale du restaurant. Je passais immédiatement derrière le bar, trouvais un réfrigérateur et l'ouvrais. Par bonheur, il n'y avait pas que de l'alcool à l'intérieur. J'attrapais une grande bouteille d'eau gazeuse que je gobais à pleines lampées, histoire de me réhydrater.

Sans y prêter trop attention, je sentais une vibration dans ma poche, puis je réalisais : « Merde ! Le téléphone ! »

En plus, c'était celui qui était en position vibreur, celui que je ne mettais jamais sur sonnerie, le cellulaire sécurisé que m'avait confié Madame de Reech.

Ce n'était vraiment pas le moment, m'appeler précisément ce matin-là alors que j'avais une gueule de bois à couper au couteau, et en plus, un dimanche, elle poussait un peu le bouchon, la mère de Reech.

J'hésitais puis me décidais à décrocher. Après tout, il y avait du nouveau depuis hier soir. Je portais le combiné à l'oreille : « Alors Lucien, pas trop mal à la tête ce matin ? »

J'étais abasourdi, comment elle savait ? Tentait-elle un coup de bluff ou bien avait-elle des talents de médium, mamy de Reech ? En tout cas, elle commençait à m'agacer lourdement.

Mon silence lui faisait mesurer ma stupéfaction, elle reprenait : « Que voulez-vous, mon cher Lucien, mon travail est d'être parfaitement renseignée. »

Je ne pouvais m'empêcher de lui dire : « Vous nous faites suivre ? Vous n'avez pas confiance ou quoi ? »

Elle me rétorquait qu'il ne s'agissait pas de surveillance, mais plutôt de protection, qu'avec les découvertes que nous avions faites la semaine passée, elle ne voulait courir aucun risque. Je me résignais : « Donc, nous avons un garde du corps... »

Elle m'interrompait : « Deux ! Deux gardes du corps, Lucien. »

Tout d'un coup, je réalisais. Mais bien sûr ! Je faisais le lien, c'était le couple à lunettes. Je me souvenais de mon étonnement de les voir rester à table si longtemps après la fin de leur repas, d'autant qu'ils ne donnaient pas l'impression de beaucoup se parler. Ah ! Il avait du pif, mon pote Dumont, des profs, qu'il avait vus, cette andouille de Julien. Ils devaient bien se marrer derrière leurs lunettes, les époux Turenge, à l'entendre faire ses déductions foireuses d'Hercule Poivrot.

Histoire de ne pas rester le dindon de la farce plus longtemps, je lui faisais part de mes déductions : « Le couple à lunettes... »

Madame de Reech riait : « Bravo ! Julien ! Je vois que le monde du renseignement n'a plus de secrets pour vous ! »

Piqué au vif par son ironie, je lui retournais : « J'imagine que vous ne m'appelez pas un dimanche matin, juste pour me remettre ma première étoile d'espion ? »

Ressentant mon agacement, elle prenait un ton plus diplomatique : « Je voulais juste m'assurer que vous étiez tous les quatre entiers après votre folle soirée. »

Je sentais que mon tour était venu de pratiquer l'ironie : « Que c'est touchant, décidément, madame, vous êtes une mère pour nous… Rassurez-vous, tout le monde va bien. Julien fait déjà du sport. Trevor et Mitch dorment encore et sont en seul morceau. Cependant, cela tombe très bien que vous appeliez, car j'ai de nouvelles informations à vous donner. »

La voix de Madame de Reech semblait se remplir d'intrigue : « Dites-moi tout, Lucien. Je suis toute ouïe. »

Je reprenais ma respiration puis commençais : « Et bien, vos balances ont quitté la soirée un peu tôt, car s'ils étaient restés, ils auraient pu vous informer sur nos nouvelles conclusions… Madame de Reech, nous avons la conviction que les océans se vident. Comme s'il y avait sous la terre une sorte de siphon géant par lequel l'eau s'échappe. Ne me demandez pas, à ce stade, ce qui peut en être la cause, mon esprit cartésien est déjà mis à mal par un tel phénomène. Toujours est-il que les eaux suivent un circuit similaire à celui que l'eau d'un lavabo peut prendre quand on ôte la bonde. »

Madame de Reech marquait l'étonnement : « Et vous voulez me faire croire que vous avez trouvé cela, hier soir ? Dans l'état où vous étiez ?»

Je lui rétorquais : « Vous savez, la consommation d'alcool permet occasionnellement de développer une certaine imagination, et, dans cette affaire où tous les codes sont cassés, un peu de folie permet parfois de mieux appréhender la réalité. »

Ma réponse ne la satisfaisait pas, elle voulait en savoir plus : « D'accord. Alors, racontez-moi par quel cheminement est passé votre esprit pour arriver à de telles conclusions. Je veux comprendre. »

Je me voyais mal en train de lui expliquer que j'avais eu la révélation dans les toilettes de « La Moule au Ventre ». Je m'en tirais d'une pirouette : « Excusez-moi, madame, mais je ne préfère ne pas citer mes sources… »

Vexée, elle coupait court à la conversation en me demandant sèchement de nous mettre au travail et d'essayer de localiser le point d'aspiration, celui vers lequel convergeaient tous ces courants.

Au moment où je raccrochais Julien, en sueur, me rejoignait, l'air satisfait de son numéro de ça-va-ça-vient avec la serveuse. Je ne pouvais m'empêcher de lui dire : « Remets ton slip, Juju, on a du pain sur la planche… »

***

La semaine suivante était studieuse. Sur les clichés pris par Nyx29, nous nous efforcions de remonter le tracé des nouveaux courants depuis les côtes jusqu'à ce qui semblait être leur origine.

À la manière de quatre dictateurs voulant se partager le Monde, nous nous étions attribués chacun une partie de la planète. Ce travail était fastidieux et demandait une attention de tous les instants. Il n'était pas rare d'entendre régulièrement l'un de nous, perdant patience, jurer dans sa langue maternelle.

Au bout de deux jours de ce travail peu passionnant, nous obtenions plutôt une surface qu'un point de convergence, car, à leur rencontre, ces centaines de courants se confondaient les uns aux autres, et, leur tracé devenait plus qu'incertain. Nous parvenions tout de même à situer ce point de convergence quelque part dans une zone située entre le Pacifique Nord et la Mer des Philippines, mais, sur une très vaste étendue d'au moins une dizaine de milliers de kilomètres carrés. Malheureusement, cette zone était bien trop étendue pour localiser quoi que ce soit, comme disait Julien, « autant s'amuser à chercher un morpion dans le cul d'un éléphant ».

Nous étions découragés, l'euphorie du week-end était bien loin de nous.

En fin de journée, Louisa m'appelait. Sans lui dévoiler le fond de l'affaire, comme Madame de Reech nous l'avait ordonné, je lui faisais tout de même part de notre désarroi. Ma chère et tendre me proposait d'inviter mes trois partenaires à venir manger le soir même à la maison, dans l'idée de décompresser un peu.

Je mesurais ma chance d'avoir Louisa près de moi. Elle parvenait à être mon socle, mon épaule, sans jamais me demander plus que ce que je voulais bien lui dire.

Cette mission inattendue m'était tombée dessus et je n'avais rien le droit de lui expliquer. Pourtant, elle avait senti les choses, je le devinais dans son joli regard noisette. Elle ne posait aucune question alors que je passais beaucoup plus de temps au labo, que je travaillais plus du tout de la même manière, moi, habituellement solitaire, désormais en équipe avec Mitch, Trevor et Julien.

Elle ne s'étonnait pas de mon silence sur cette nouvelle situation, elle savait que j'avais de bonnes raisons de ne pas lui en parler et cela suffisait, elle croyait en moi, tout comme je croyais en elle et cette confiance, rare et inégalable que nous avions l'un envers l'autre, cimentait notre union. Aujourd'hui, qu'elle n'est plus là, je réalise encore plus combien elle m'était indispensable.

Mardi 18 mai 2049 - 22h45
Maison de la famille Vainqueur - Port-des-Barques

Le repas avait été fort agréable. Avec ce mois de mai aux parfums de début d'été, nous avions mangé dehors.

Louisa avait acheté des entrecôtes et Julien s'était porté volontaire pour les faire cuire sur le barbecue. Comme à son habitude, il nous avait fait une conférence sur sa technique infaillible pour faire prendre la flamme, méthode, qui curieusement, n'avait pas bien fonctionné ce soir-là. Julien avait une explication, c'était de ma faute, parce que je rangeais mon charbon de bois dans un lieu trop humide. Au final, la braise, compatissante, avait fini par prendre, Julien avait mis le bœuf sur la grille et nous avions pu manger.

C'était une soirée sage, rien à voir avec celle de « La Moule au Ventre », à la fin du repas, tout le monde était en bon état.

Après le café, Louisa avait persuadé Doris de l'accompagner à l'intérieur de la maison pour y regarder un film. Avait-elle senti que c'était le moment de nous laisser seuls tous les quatre ? La connaissant, j'en étais convaincu. Comme mes deux amours venaient de s'éloigner vers la maison, je proposais à mes amis un petit cigare accompagné d'un verre de Limoncello.

Nous étions tous les quatre alignés sur nos chaises de jardin, contemplant la baie dans l'obscurité. Nos verres à liqueurs citronnées prenaient des couleurs fluorescentes à chaque passage de la lumière du phare qui venait de commencer sa danse nocturne. Des nuages grisâtres s'échappaient de nos cigares, s'élevant lentement dans la nuit pour y disparaître. La Lune, presque ronde, flottait au-dessus de la ligne d'horizon et avançait vers nous à pas de velours. L'océan nous caressait d'un petit vent tiède et léger, nous étions bien.

Plus personne n'osait parler, pas même Julien, qui comme nous, savourait cet instant de volupté. Il allait tout de même être le premier à rompre ce merveilleux silence dont il m'était impossible d'évaluer la durée, tant était puissant ce sentiment que le temps s'arrêtait : « Et dire que quelque part dans l'Pacifique, ce putain d'océan s'fait la malle, qu'la baignoire est plus étanche... »

Sans le vouloir, Julien avait replongé nos esprits dans le maussade de la fin de journée. D'une phrase, il nous remettait les yeux en face des trous, nous avions une théorie qui semblait tenir la route, mais, nos calculs trop approximatifs la rendaient impossible à vérifier.

Je répondais à Julien : « Comme tu dis, la baignoire est pas étanche, et le problème, c'est de trouver où poser la rustine... »

Comme pour se clarifier la voix, Trevor avalait une gorgée de Limoncello, puis enchaînait : « It's impossible de localiser un point précis. Vous avez vu le marmelade dans la Pacifique Nord ? We'll never find, boys… »

Notre British baissait les bras. Pourtant jusque-là, il s'était montré le plus opiniâtre et ses découvertes avaient été déterminantes pour la suite de nos recherches. Cet abandon de Trevor nous plongeait dans un nouveau silence, bien moins paisible que le précédent, rempli d'une tension indescriptible mêlant des sentiments comme l'injustice, l'impuissance, la gravité, les regrets, l'angoisse ou l'inquiétude.

Mitch détestait ce genre de moment, il était incapable de rester immobile sur sa chaise, l'agitation qui s'emparait de lui était significative. Il essayait de se débattre pour sortir de cette situation, mais comme son corps n'y parvenait pas, il essayait d'utiliser la parole pour faire diversion, changer de sujet : « Hey sister Moon ! Look ! Regardez comme la Lune a avancé depuis le début de la soirée. Elle est beaucoup plus proche. Damn, on distingue de mieux en mieux les cratè… »

Il s'arrêtait net comme paralysé. Nous le fixions tous les trois, le regard interrogateur, attendant une explication, qu'il ne tardait pas à nous donner : « Boys ! Nous sommes des fucking bastards ! Je crois que j'ai la solution ! »

Nous étions pendus à ses lèvres, à nouveau remplis d'espoir. L'état d'excitation de Mitch, qui était plutôt du genre qui se maîtrise, me laissait entrevoir qu'il avait mis le doigt sur quelque chose de plus qu'intéressant.

Je ne tenais plus : « Vas-y, Mitch. Accouche ! »

Il ne se faisait pas prier plus longtemps : « Hope is coming, Lucien ! Nous travaillons actuellement sur des clichés de planisphères and obviously, on manque de précision quand on doit détailler une zone donnée. Up to now, nous nous sommes contenté de photos déjà prises par Nyx29 sans donner aucune de nos recommandations. Il faut que nous soyons plus exigeants. Nous devons demander de nouvelles prises avec d'énormes zooms sur la surface qui nous intéresse et nous pourront restreindre cette zone de manière bien plus précise. Go big or go home ! »

Il avait raison le ricain, nous n'avions même pas songé à commander des clichés plus précis. Nous avions uniquement travaillé sur la matière que les services secrets nous avaient confiée sans nous poser plus de question.

Julien émettait toutefois une réserve : « P't-être qu'ils peuvent pas faire plus précis… »

Mitch restait optimiste : « Il faut demander, we will see. Mais ça vaut la peine de poser la question. »

J'empoignais immédiatement mon téléphone sécurisé pour joindre Madame de Reech. Il était tard, mais vu qu'elle n'avait eu aucun scrupule à m'appeler un dimanche matin, c'était mon tour de la déranger. Et puis, rendus euphoriques par notre impatience, nous n'avions aucune envie d'attendre.

À l'opposé de ma réaction le lendemain de la folle soirée, elle n'attendait même pas la fin de la première sonnerie pour décrocher et sa voix ne trahissait aucun signe de dérangement dans un moment d'intimité. J'avais l'impression, au contraire, qu'elle attendait mon appel : « Bonsoir Lucien. Comment se passe cette soirée à la belle étoile. J'espère que vous êtes plus raisonnable que samedi, tous les quatre ! »

Ah ! Elle savait faire son effet, la mère de Reech. J'avais beau savoir depuis dimanche que nous étions surveillés, je n'imaginais pas que le couple à lunettes pouvait nous observer à la jumelle depuis un bateau ou une maison voisine. Comme j'avais compris que mon énervement pouvait l'amuser, je m'efforçais de rester impassible et lui exposais directement la raison de mon appel pour qu'elle puisse mesurer à son tour l'importance de notre question.

Elle n'avait pas la réponse, mais se proposait de contacter immédiatement les ingénieurs responsables de l'exploitation de Nyx29 et de nous rappeler pour nous communiquer ce qui était possible.

Je raccrochais. Nous attendions en silence, un peu comme on peut attendre dans une salle d'attente d'hôpital le résultat de l'opération chirurgicale d'un proche.

Moins d'un quart d'heure plus tard, le téléphone vibrait à nouveau. Je décrochais et portais l'appareil à mon oreille le cœur rempli d'espoir : « Lucien, c'est tout à fait possible ! Dès ce soir, vous vous connectez sur le réseau et vous m'envoyez les coordonnées G.P.S. de la zone à étudier. Nous aurons les clichés sous quarante-huit heures. »

Vendredi 21 mai 2049 - 8h45
Laboratoire de Météorologie, Châtelaillon-Plage

Nous avions reçu les nouveaux clichés au petit matin. Trois nuits que j'avais du mal à trouver le sommeil, et, enfin, ils étaient là, sur l'écran de l'ordinateur, face à nous.

Comme l'objectif était d'avoir le résultat le plus fin possible, les clichés avaient été pris avec la résolution maximale, si bien que nous avions encore la possibilité d'effectuer un zoom plus important de l'image que nous avions à l'écran.

Trevor, le premier, s'était mis derrière l'ordinateur et naviguait, tantôt se déplaçant, tantôt grossissant l'image. Il ne mettait pas longtemps à figer l'écran sur un point qui nous indiquait clairement que nos courants se mêlaient les uns aux autres pour former une sorte de tourbillon complètement invisible sur les premières photos.

Julien était, comme à son habitude, le premier à l'ouvrir : « C'est donc par là qu'les chiottes se vident. » Il prenait immédiatement la place de Trevor utilisant son postérieur pour le pousser du siège en s'asseyant pratiquement sur ses genoux. Habitué à ce genre de manipulation, il lançait l'application permettant de calculer les coordonnées d'un point donné. En quelques secondes, le résultat s'affichait à l'écran : 11°21' Nord - 142°12' Est.

Ensuite, Julien reportait ces coordonnées dans le générateur de cartes géographiques et nous pouvions visualiser l'endroit exact sur une carte un peu plus nette que les clichés satellite.

La zone se situait au beau milieu de l'océan, la terre la plus proche étant l'île de Guam, à environ trois cents kilomètres au nord-est.

L'île de Guam ! Je ne connaissais que ce nom-là ! Cette île était le point de départ des missions d'exploration de la fosse des Mariannes, l'endroit le plus profond du Monde !

Adolescent, j'avais commencé à me passionner pour toutes ces expéditions, cet engouement avait d'ailleurs été le point de départ de ma vocation pour l'océanographie. À l'époque, je lisais tous les livres, tous les articles, visionnais toutes les émissions, tous les reportages, j'en connaissais un rayon sur le sujet.

Ému par mes retrouvailles avec cette passion de jeunesse, j'ordonnais à Julien : « Julien ! Vite ! Fais apparaître le nom des fosses marines sur le générateur de cartes ! »

En deux clics, le verdict s'affichait devant nos yeux ébahis. La zone que nous avions repérée était juste au-dessus de la fosse des Mariannes !

Pour comprendre notre émotion, il fallait savoir ce que pouvait représenter la fosse des Mariannes pour un scientifique, et, de surcroît, pour un océanologue.

Il s'agissait du point le plus profond de la terre dont l'origine était la collision entre deux plaques tectoniques, un renflement naturel né du glissement de la plaque Pacifique sous la plaque Philippines. Il fallait imaginer, plus de dix mille mètres au-dessous du niveau des océans, un canyon de presque trois kilomètres de long. Compte tenu des conditions à une telle profondeur, chaque expédition nécessitait l'utilisation de technologies très pointues, de bathyscaphes ou de petits sous-marins résistants à des pressions ahurissantes, mille fois plus forte qu'à la surface. Aussi, peu d'hommes avaient eu la chance de pouvoir y descendre pour en explorer le fond.

Une fois la nouvelle à peu près digérée, je proposais : « Bon, les gars ! Limoncello et cigares pour tout le monde au bar tabac d'en face ? »

Vendredi 21 mai 2049 - 10h10
Bar Tabac *L'avenir*, Châtelaillon-Plage

La discussion était très animée. Tout le monde y allait de ses connaissances sur la fosse des Mariannes. Ce n'était pas une conversation qui allait beaucoup nous faire avancer, mais, elle nous faisait du bien, la semaine avait été rude, il fallait décompresser.

En guise de terrasse, le patron du bar avait installé deux tables sur le trottoir et nous en occupions une. L'autre table était libre. De là où j'étais assis, j'apercevais nos deux anges gardien, le couple à lunettes, installés à l'intérieur, occupant une place stratégique leur permettant de nous surveiller.

Décidément, j'avais de plus en plus de mal à m'habituer à ce sentiment d'être épié en permanence. Leur omniprésence finissait par me plonger dans mes pensées, et j'abandonnais mes amis qui refaisaient l'histoire des expéditions au cœur de nos océans évoquant Jules Verne, Jacques-Yves Cousteau, Alain Bombard ou Jacques Piccard.

Je réfléchissais à ce qui allait se passer une fois que nous aurions communiqué cette dernière information aux services secrets. Ils allaient certainement organiser une expédition pour descendre dans la fosse et voir ce qui s'y passait. C'était ce que nous supposions tous, sans encore nous le dire, et nous étions fort enthousiastes à l'idée que nous allions peut-être faire partie des rares hommes à descendre dans l'endroit le plus profond des océans.

Mais, nous faisions sûrement fausse route, ils avaient fait appel à nous pour nos talents d'océanologues spécialisés dans les courants marins, et, désormais, c'était une nouvelle manche qui se jouait. Il leur faudrait d'autres professionnels, certainement des géologues ou des spécialistes des grands fonds marins que nous n'étions pas, et, même, ils auraient aussi sûrement besoin de baroudeurs des mers n'ayant pas froid aux yeux et capables de piloter des submersibles, bref, des hommes d'action que nous étions encore moins. Il était très probable que l'on nous dise que notre mission se terminait là, avec les remerciements de la nation et une légion d'honneur dans quelques mois.

Je n'avais pas envie de cela, je voulais continuer. Cette découverte m'avait redonné l'énergie, l'envie de mon enfance et je ne voulais plus la laisser partir comme j'avais pu le faire en m'encroûtant dans un travail sans magie. J'avais fini par aller chasser mon épanouissement sur des terres éloignées de ma vie professionnelle : ma famille, mon environnement, mes amis, le surf...

Parmi mes lieux d'existence, le labo était devenu, au fil du temps, celui qui me laissait indifférent sans pour autant que j'y sois malheureux. Mais, plus jeune, je ne m'étais pas envisagé un tel avenir. Or, la chance de pouvoir enfin offrir son rêve à l'enfant que j'étais, se présentait à moi, un peu comme par miracle, je n'avais pas d'autre solution que de m'en saisir.

Nous allions devoir jouer serré pour arriver à poursuivre l'aventure. Garder, peut-être, certaines informations, le temps d'être certains de faire partie de l'expédition.

Je mesurais immédiatement que la priorité était de ne plus aborder le sujet en public, histoire de ne pas donner d'indications aux deux fouilles-merde à lunettes.

J'attrapais un sous-bock sur la table, le retournais, arrachais le Bic-quatre-couleurs de la pochette du veston moche de Julien et écrivais : « Les gars, on change de conversation, on n'est pas tous seuls. »

Je montrais le message discrètement à mes trois partenaires avant de l'enfourner au fond de ma poche. Trevor et Mitch percutaient immédiatement, et gardaient leurs visages impassibles. Pour Julien, c'était plus compliqué. Ses yeux ronds, comme des balles de golf, me lançaient des points d'interrogation par rafales. Il allait commencer à mettre en route son moulin à paroles quand je lui donnais discrètement un petit coup de pied sec dans le tibia. Il se tordait illico sous l'effet de la douleur et attrapait sa jambe. Pendant que son visage exprimait la grimace tragique de l'avant-centre à terre dans la surface de réparation, j'y allais de ma plus belle tirade : « Ça, c'est le genou que tu t'es fusillé au tennis qui se réveille, mon vieux. Voilà ce que ça fait de fricoter avec les serveuses des restaurants huppés de La Rochelle. T'as plus vingt piges, mon Juju, faut t'économiser ! »

Ma phrase était le détonateur d'une explosion de fous rires, qui permettait de faire diversion.

La conversation glissait très naturellement vers le récit épique de cette nuit agitée passée à « La Moule au Ventre ». J'étais satisfait, les deux barbouzes à lunettes n'allaient pas avoir grand-chose à raconter à la mère de Reech.

***

De retour au bureau, je proposais à mes trois amis de prendre notre repas du midi ensemble au restaurant. Je me portais volontaire pour emmener toute la troupe dans ma voiture, avec dans la tête, l'idée de profiter du trajet pour les mettre au parfum de ma stratégie sans être espionné par les larbins de Miss de Reech.

Je mettais la musique à fond, imaginant, avec un brin de paranoïa, le couple à lunettes équipé d'un matériel d'amplification acoustique ultra perfectionné leur permettant de nous entendre à distance.

Je choisissais la chanson « the Power of Love » qui avait servi de bande originale au film « Retour vers de Futur » que mes parents m'avaient fait visionner dès mon plus jeune âge. C'était mon titre fétiche, et je l'ai toujours eu sous la main, pour pouvoir l'écouter en toutes circonstances, histoire de me remonter le moral ou de me donner du courage. Présentement, le but était de me payer une belle part de cœur au ventre, car pour la première fois, depuis que nous étions pris dans cette affaire, j'avais la trouille.

Jusque-là, j'avais agi en bon soldat, docile, j'avais obéi aux ordres, mais là, je m'apprêtais à enfreindre le règlement et à courir le risque d'être considéré comme un ennemi. Je pensais à Louisa, à Doris, à mes parents. Si les choses se passaient comme je l'avais vu dans les films d'espionnage lorsque le traître se fait confondre, je ne donnais pas cher de ma peau. Bref, je ne faisais pas le fier.

Fébrile, je commençais à exposer mon point de vue d'une voix fluette, obligeant mes comparses à se rapprocher pour mieux entendre, au point que nos quatre têtes finissaient par presque s'effleurer au centre de la voiture.

Comme d'habitude, Mitch et Trevor comprenaient tout de suite. Mais, bien évidemment, il fallait plus de temps à Julien. Il commençait par hurler une demi-douzaine de fois : « Qu'est-ce qu'i'dit ? »

Puis, il finissait par recevoir le message, Mitch prenant l'initiative de lui souffler les grandes lignes dans l'oreille.

Mes amis étaient du même avis que moi. Si nous étions d'accord pour ne pas donner immédiatement la position de la fosse des Mariannes, nous ne savions pas trop comment procéder pour faire en sorte de participer à l'expédition.

Heureusement, Mitch avait un plan à proposer. Il suffisait de dire que nous avions resserré la zone aux environs de l'île de Guam, mais avec encore trop d'imprécision et qu'il était nécessaire de faire des relevés sur place pour déterminer le point exact. Ainsi, une fois là-bas, nous ferions mine de trouver le bon résultat après quelques analyses de terrain factices. Mitch espérait que nos commanditaires, tiendraient compte de notre présence sur place pour ne pas nous renvoyer au bercail. Il s'agissait plus d'un pari que d'une idée de génie, mais, nous n'avions pas d'autres solutions et il fallait en trouver rapidement une, car il était certain que la mère de Reech n'allait pas tarder à faire vibrer mon téléphone d'espion.

La proposition de Mitch était donc adoptée à l'unanimité au moment où je garais la voiture sur le parking du restaurant. Je coupais à peine le contact, quand ce maudit téléphone se mettait à vibrer, il était moins une, Madame de Reech venait déjà aux nouvelles. Bien évidemment, elle savait que nous étions allés au bistrot le matin-même, et, en déduisait que nous avions terminé, car, si nous n'avions rien découvert, nous serions restés à travailler dans le labo. Je la trouvais sacrément perspicace, la vieille, et, avec la couleuvre que je m'apprêtais à lui faire avaler, chaque seconde, je craignais davantage sa puissante clairvoyance.

Je récitais mon mensonge, fermant les yeux pour mieux me concentrer à donner le ton le plus naturel à mon discours. Elle écoutait attentivement, sans m'interrompre. Quand j'avais tout raconté, elle laissait passer un silence qui me paraissait durer des siècles. Je brûlais de la relancer, mais me retenais, ne voulant surtout pas laisser transparaître mon impatience. Une bonne vingtaine de mes cheveux avaient eu le temps de blanchir quand elle se décidait à prendre la parole : « Parfait, Lucien. C'est du bon travail. Je pense qu'il va falloir prévoir de vous absenter pour un séjour sur l'île de Guam. Que pensez-vous du mois de juillet ? Ce n'est pas la meilleure période, c'est la saison des pluies, là-bas, mais nous ne pouvons pas attendre la saison sèche… Je vous tiens au courant… Au revoir Lucien. »

Je raccrochais et me tournais vers mes camarades. Tous les trois me fixaient avec le même regard, celui qui crie « Alors ? » sans faire un seul bruit. Je les rassurais d'une syllabe : « Ouf ! »

Quelques heures plus tard, Madame de Reech me rappelait en demandant de lui envoyer nos calculs accompagnés de nos conclusions. Elle avait visiblement besoin de ces documents pour justifier notre départ pour l'île de Guam auprès de sa hiérarchie.

J'étais un peu embarrassé d'envoyer des écrits trafiqués. Du coup, l'idée m'était venue de lui adresser des pages cryptées en utilisant le système de codage propre à notre labo.

En effet, avec l'évolution du piratage informatique, l'espionnage scientifique s'était énormément développé, et, la loi française avait imposé à chaque laboratoire de créer son propre codage pour les résultats de ses recherches. Et, si de notre côté, nous ne produisions rien de top secret, nous avions tout de même été contraints de créer notre propre mode de cryptage. En envoyant nos calculs de cette manière, je me disais qu'au pire s'ils parvenaient à nous décoder, ils ne pourraient que nous accuser d'une mauvaise interprétation des résultats. Avec les services secrets, il valait mieux passer pour des incompétents que des falsificateurs.

Je lui envoyais les documents dans la soirée. Elle ne me contactait plus pendant une bonne semaine. Je ne m'inquiétais pas, pas de nouvelle, bonne nouvelle, et j'imaginais qu'une telle expédition ne s'organisait pas comme un pique-nique.

Cette trêve nous permettait de relâcher un peu la pression des quinze derniers jours, et je ne m'en plaignais pas. Je pouvais davantage me consacrer à Doris et Louisa et j'en profitais, sachant que je risquais de m'absenter assez longtemps pour l'expédition.

J'avais même décidé de demander quelques jours de vacances pour passer plus de temps avec elles, mais, comme à son habitude, Marwani avait fait sa tête de lard parce que je lui avais déposé mes congés en dernière minute. Bien sûr, je l'avais gentiment renvoyé sur les roses, lui expliquant, qu'à ce moment, je ne dépendais pas de sa hiérarchie et il m'avait joué un de ses rôles préférés, celui du chefaillon qui perd les pédales. Ses cheveux gominés, terrorisés par sa subite colère, s'étaient alors dispersés dans la panique la plus totale. Les mieux disciplinés étaient restés bien tirés en arrière pendant que d'autres, moins courageux, avaient essayé de se faire la malle par mèches entières. Cette mutinerie capillaire lui avait donné l'allure d'un dandy rentré de soirée après la bouteille de trop. En le voyant se décoiffer d'énervement, je n'étais pas parvenu à retenir un fou rire, imité par la petite Jennifer qui passait par là au même instant.

Marwani, vexé comme un cocu, était retourné dans son bureau, claquant violemment la porte. Il s'était enfermé et nous ne l'avions plus vu de la journée. J'avais quitté le labo vers dix-sept heures trente, tout heureux de songer que j'avais quelques jours de liberté devant moi.

***

Le lendemain, alors qu'avec Louisa, nous avions prévu de faire une grasse matinée, sur le coup des neuf heures, le téléphone sonnait une première fois... Je ne répondais pas. Puis, le timbre retentissait une deuxième fois et encore une troisième... Craignant quelque chose de grave arrivé à mes parents, je décidais de répondre. C'était Julien, paniqué. Il hurlait, bégayait, sanglotait, pleurnichait. La seule chose que je parvenais à comprendre dans sa bouillie de mots, c'était le nom de quelqu'un que je connaissais très bien : « Marwani…bhoou…argh…Marwani….mhuff … bhouf… Marwani »

Je sentais qu'il y avait du tragique dans l'air, donc j'essayais de l'apaiser en lui suggérant de ma voix la plus rassurante : « Respire Julien. Calme-toi. Parle doucement et explique-moi. »

Je l'entendais tenter de reprendre son souffle, je n'aurais pas su que c'était lui, j'aurais pu imaginer que j'avais à l'autre bout du fil un chien à grosses bajoues baveuses, du genre bulldog.

Enfin, il parvenait à faire un semblant de phrase : « Marwani… Mort… Dans son bureau… Poignardé… Viens ! »

Mardi 2 juin 2049 - 10h10
Laboratoire de Météorologie, Châtelaillon-Plage

Je n'avais jamais connu une telle affluence sur le parking du labo. Des véhicules de gendarmerie, une ambulance et des voitures arborant les logos de la presse locale occupaient toutes les places.

Au moment où j'arrêtais mon véhicule pour essayer de chercher du regard un endroit où me garer, un gendarme en uniforme s'approchait de ma portière : « Il ne faut pas rester là, Monsieur. »

J'expliquais qui j'étais, mais, le gus avait reçu des instructions, impossible d'approcher le labo. Je repartais me garer cinquante mètres plus loin et empoignais le téléphone sécurisé. Madame de Reech décrochait immédiatement : « Oui, Lucien ! »

Je lui racontais ce que je savais, mais, bien évidemment, ses deux mouchards à lunettes l'avaient déjà alertée. Je sentais au ton de sa voix que, pour la première fois depuis que je l'avais rencontrée, elle faisait face à une situation qu'elle ne maîtrisait pas : « Je ne pense pas que cette tragédie ait un quelconque lien avec vos recherches, Lucien. Mais… »

Je restais silencieux, attendant qu'elle complète sa réponse : « ... Mais, nous ne prendrons aucun risque... On doit me faire remonter incessamment les premiers éléments de l'enquête... Rentrez chez vous et attendez mes instructions. »

Et elle raccrochait. Je n'étais pas beaucoup plus avancé.

Au même instant, dans mon rétroviseur, j'apercevais Julien, Mitch et Trevor en train de traverser la route, prenant certainement la direction de « L'Avenir », le bar tabac en face du labo.

Je bondissais hors de ma voiture et accourais vers eux. Julien n'était plus étanche, ses yeux et son nez se répandaient en rivières intarissables qui traversaient ses joues saturées de pigments rouge-sang.

Malgré tout, il tenait absolument à être celui qui allait tout me raconter, même si d'énormes sanglots et de délicats reniflements éléphantesques venaient quelque peu perturber son récit : « C'est le bordel... Lucien...Sniff...Marwani... Ils l'ont tué... Nous, on prenait l'café comme d'hab'... Et puis on a entendu hurler...Sniff... C'est la p'tite Jennifer qui l'a trouvé...Sniff... La pauvre... Elle est tombée dans les vap', tu m'étonnes... Sniff... J'ai entendu les flics parler... Un seul coup de couteau... Sniff... Dans le cou... Direct dans la jugulaire... Fatal...»

Tout puceau de l'espionnage que j'étais, la veine jugulaire, je comprenais très vite, cela faisait partie de la mythologie « James-Bondienne », au même titre que le revolver à silencieux, le microfilm et la capsule de cyanure. C'était forcément du travail de professionnel, et, si Julien avait bien entendu la conversation des flics, Madame de Reech se fourrait sûrement le doigt dans l'œil en ne suspectant aucun lien avec notre mission. D'ailleurs, avant qu'elle nous demande de travailler sur ce dossier, aucune mort violente n'avait été à déplorer à deux kilomètres à la ronde autour de notre labo, pas même celle d'un lapin abattu par des chasseurs.

Comme Julien, à bout de souffle, ne parvenait plus à aligner deux mots d'affilée, Mitch prenait le relais pour compléter son récit : « Nous avons appelé la Police et les firemen. Ils sont arrivés très vite. Les enquêteurs nous ont tous isolés dans la grande salle de réunion, what a panic of fear ! Ensuite, ils ont enregistré les dépositions de tout le monde... »

Julien qui avait repris un peu d'oxygène lui coupait la parole : « ...Et ce connard de Godard qu'a pas arrêté de bramer aux flics qu'tu t'étais engueulé avec Marwani, hier...Sniff... À cause de lui, ils vont t'emmerd... »

La sonnerie de mon téléphone personnel l'empêchait de terminer sa phrase. C'était Louisa. Je sentais de l'angoisse dans le son de sa voix.

Les gendarmes étaient déjà à la maison, il fallait que je vienne tout de suite.

Fabricio Pennini

Mardi 2 juin 2049 - 11h15
Maison de la famille Vainqueur - Port-des-Barques

Le brigadier Pilchard et le gendarme-adjoint Briscadieu m'attendaient devant la maison. Louisa leur tenait compagnie, le visage inquiet, celui qu'elle avait quand Doris, encore enfant, était malade.

Les deux perdreaux me regardaient avancer vers eux d'un air sévère. Ils avaient un côté « Laurel et Hardy », un gros et un petit.

Le gros, c'était le brigadier Pilchard, un quasi-sosie d'Oliver Hardy avec sa petite moustache. Le gendarme Briscadieu n'avait de Stan Laurel que la silhouette longiligne, pour le reste, il avait la trentaine, mais en paraissait dix-sept, il était imberbe, blond jusqu'aux cils, avec la peau très pâle, un vrai gars du Nord.

Au moment où je m'approchais, le brigadier Pilchard se redressait et, en tant que plus haut gradé, prenait la parole : « Monsieur Vainqueur, Gendarmerie Nationale. Je suis le brigadier Pilchard et voici le gendarme adjoint Bricadieu. Nous avons besoin de vous interroger dans le cadre de l'enquête sur l'homicide du susnommé Marwani Idir. Veuillez nous accompagner à la gendarmerie sans opposer de résistance s'il vous plaît ! »

Je savais que les gendarmes étaient du genre suspicieux de nature, mais là, je sentais bien que l'on était un cran au-dessus. Si j'avais eu ce crétin de Godard sous la main, je pense que je lui aurais fait sa fête. Je ne savais pas ce qu'il avait bien pu raconter, toujours était-il que les deux poulets me considéraient comme le suspect numéro un, il n'y avait pas photo.

J'essayais de les rassurer : « Pas de problème, Messieurs, je vous suis avec ma voiture, allons-y. »

Mais le brigadier Pilchard ne voyait pas les choses de cet œil-là : « Non, Monsieur Vainqueur, à fortiori, nous préférons vous emmener dans notre fourgon. »

J'étais interloqué, ils allaient m'embarquer comme un malfrat.

Je tentais : « Ma femme peut-elle nous suivre avec la voiture ? Comme cela, elle pourra me ramener. »

Mais le brigadier Pilchard était une vraie tête de lard : « Ne compliquez pas les choses, Monsieur Vainqueur. Allez. N'opposez aucune résistance. Venez avec nous. »

Mardi 2 juin 2049 - 13h15
Gendarmerie de Fouras

Cela faisait une heure que j'attendais dans ce bureau. Les Laurel et Hardy de la Gendarmerie Nationale m'avaient installé là, sur une chaise en skaï de couleur marron délavé, genre crotte de mammouth. La pièce était meublée sobrement : un bureau métallique beige avec quelques bosses et points de rouille, une armoire assortie et deux autres chaises identiques à celle sur laquelle j'avais déposé mon postérieur.

Le jour tentait tant bien que mal d'entrer, mais la seule fenêtre du bureau, très étroite et ornée de barreaux, ne lui simplifiait pas la tâche. Malgré le magnifique soleil, dehors, la luminosité de l'endroit restait blafarde, c'était lugubre, déprimant.

Je commençais à chercher un moyen de tuer le temps en comptant les tâches d'humidité au plafond, quand le duo de choc faisait son entrée. Le brigadier s'installait en face de moi pendant que le gendarme adjoint blondinet prenait place sur le côté du bureau, face à un bloc de plastique poussiéreux qui semblait être un ordinateur de style Louis XV.

Le début de l'entretien était classique, il fallait que je décline mon état-civil. Puis, le brigadier Pilchard posait les premières questions en relation avec l'affaire : « Qui était pour vous le susnommé Marwani Idir ? », « Quelle était la nature de vos relations ? », « Vous voyiez-vous à fortiori en dehors du travail ? », « Étiez-vous en conflit ? »

Je répondais méthodiquement à chacune des questions en expliquant que Marwani était mon directeur, que je l'estimais et qu'il était arrivé que l'on se voie très occasionnellement à l'extérieur. Quant à nos relations, j'avouais que j'avais pour habitude de le charrier gentiment et que cela pouvait le faire pester, mais j'affirmais qu'il n'y avait aucun problème entre nous.

Notre conversation était rythmée par le cliquetis du clavier sur lequel le gendarme adjoint Briscadieu s'appliquait à faire sautiller ses longs doigts crochus.

En grand professionnel, le brigadier Pilchard me fixait sévèrement. Son regard porcin suintait la certitude de tenir le coupable.

Il m'interrogeait à nouveau : « Quand l'avez-vous vu pour la dernière fois ? »

Je répondais sans hésiter : « Dans l'après-midi d'hier, sur le coup de seize heures, environ, je lui avais demandé l'autorisation de me mettre en congés pour le reste de la semaine... »

Le gendarme rondouillard avançait tranquillement avec ses gros sabots : « Et vous vous êtes disputés ? »

Je ne pouvais retenir un sourire ironique et expliquais : « Ce n'est pas tout à fait cela. Il était agacé que je prenne des congés à la dernière minute. Et, comme à mon habitude, je l'ai mis en boite. Comme d'autres personnes ont assisté à la scène, il s'est vexé et est parti s'enfermer dans son bureau. Mais nous avions très souvent ce genre de prise de bec, et je ne vois pas de lien avec son décès... »

Pilchard m'interrompait : « Monsieur Vainqueur, c'est moi qui mène l'enquête ! Je ne vous demande pas de tirer des conclusions, simplement de répondre à mes questions. »

Il était évident que le brigadier pensait tenir l'affaire de sa carrière, lui, qui était davantage habitué aux accidents de voiture et aux noyades de Parisiens pendant la pêche aux crabes.

Alors, il jouait le coup à fond, façon Broussard face à Mesrine. Il jubilait déjà, s'imaginant, dans les repas de famille, en mettre plein la vue à son beau-frère, relatant comment il avait réussi à venir à bout du « tueur du labo ».

Julien ne s'était pas trompé, cette vipère de Godard m'avait mis dans de beaux draps. Et, cerise sur le kouglof, on avait confié l'enquête à un flic suffisamment zélé et crétin pour prendre au sérieux les allusions malsaines de cet indélicat collègue.

J'essayais de masquer ma fureur, car cette grosse andouille à moustache était capable d'y voir un nouveau signe de culpabilité. Il décidait de lancer une nouvelle salve de questions : « A quelle heure avez-vous quitté le bureau ? », « Qu'avez-vous à fortiori fait ensuite ? », « Êtes-vous directement rentré chez vous ? »

Avec le peu de patience qu'il me restait, j'expliquais que j'étais parti vers dix-sept heures trente, que je m'étais arrêté une petite heure au supermarché du coin, puis que j'étais rentré chez moi, un peu avant dix-neuf heures.

Le brigadier devenait de plus en plus accusateur : « Entre dix-sept heures trente et dix-neuf heures…Hum… Hum… Comme par hasard… Vous savez que le légiste estime que c'est dans ce laps de temps que le susnommé Marwani a été tué ? Vous pouvez prouver que vous n'êtes pas retourné au laboratoire ? »

Il commençait vraiment à me courir sur la prostate, c'en était trop. Tant pis, j'enfilais la panoplie d'anarchiste anti-flics que j'avais rangée dans l'armoire de mes souvenirs à la fin de mes études, et lui bombais dans le lard une fois pour toute : « Vous n'avez qu'à interroger les caméras du supermarché ! Et si vous étiez un bon flic, vous auriez vu que j'étais juste derrière vous à la caisse. Au passage, j'ai regardé ce que vous avez posé sur le tapis roulant, pas très diététique tout ça… Après ça, faudra pas vous plaindre de ne pas courir assez vite pour attraper les voleurs… »

Son visage s'était métamorphosé d'un coup : ses yeux perçants d'enquêteur avaient soudain viré au vitreux, ses sourcils s'étaient brusquement défroncés pour sauter comme des ressorts jusqu'à disparaître sous son képi, et, sa mâchoire inférieure avait chuté d'une bonne vingtaine de centimètres, offrant immédiatement une vue imprenable sur ses plombages.

Le gendarme adjoint, mesurant toute la gravité de la scène, avait figé la danse frénétique de ses longs doigts sur le clavier crasseux de l'ordinateur. Tout n'était plus que silence. Je profitais de cette paralysie éphémère pour envoyer l'estocade : « Quand vous aurez fini de me faire perdre mon temps, vous passerez un coup de fil au ministère de l'Intérieur et

vous leur direz d'informer le colonel de Reech que
Lucien Vainqueur est votre invité. Vous allez voir, ils
vont apprécier ! »

Le brigadier Pilchard avait un peu hésité avant
d'effectuer les vérifications, mais il avait senti à mon
assurance que je ne bluffais pas. En un coup de fil de
vingt bonnes minutes, mon statut avait subitement
changé.
Le brigadier aussi avait fait sa mue. D'un coup de
baguette magique, le super flic accusateur s'était
changé en lavette, ou en couille molle, comme aurait
pu dire mon père.
Redoutant le conseil de discipline, le gendarme
rondouillard avait ensuite tenté tous les stratagèmes
pour me passer la pommade à grand de coup de
« Monsieur Vainqueur, il fallait nous le dire tout de
suite » en passant par des « Vous comprenez,
Monsieur Vainqueur, on ne fait que notre travail ».
Il fallait voir le numéro de rattrapage qu'il me servait,
essayant de m'offrir tous les trésors qui pouvaient lui
tomber sous la main au sein de sa sordide caserne : un
café, une cigarette, un caramel mou, sa dernière saisie
de cannabis, une matraque d'époque Devaquet, un
carnet de contraventions, une des soixante-sept
bouteilles de Ricard qui encombraient les placards de
sa gendarmerie, un poster annonçant le recrutement
de la maréchaussée, une tapineuse qu'il avait serrée en
plein racolage sur le parking routier de l'aire de
Puilboreau, une carte de France des radars, un ballon
alcootest... Je déclinais poliment ces offres alléchantes,
et, pendant qu'il se confondait en excuses, je sentais
sa main me peloter le dos façon massage viril. Il me
proposait aussi de me ramener dans sa voiture

personnelle, mais l'idée de passer un quart d'heure de plus avec ce lèche-bottes ne me réjouissant pas plus que cela, je lui demandais de me laisser plutôt appeler Louisa pour qu'elle vienne me chercher.

Évidemment, il acceptait à grands coups de « Mais bien sûr, Monsieur Vainqueur, certainement ! ».

Au moment de quitter la caserne, il ordonnait à tous ses gendarmes de se mettre au garde à vous devant moi. En défilant devant cette brigade alignée en mon honneur, je réalisais que mon heure de gloire serait de courte durée, car la mère de Reech allait certainement me passer le soufflon du siècle. La gendarmerie locale mise même vaguement au parfum de mes liens avec les services secrets, elle n'allait pas vraiment apprécier le concept.

Une fois dans la voiture, je demandais à Louisa de faire un détour par la corniche.

Quand nous commencions à rouler, je montais le volume de la radio assez fort et lui racontais toute l'histoire. J'en avais assez de devoir mentir à ma femme et ce simulacre de garde à vue m'avait suffisamment mis hors de moi pour me donner la force de désobéir aux ordres.

Louisa n'en revenait pas. Elle me demandait à plusieurs reprises si je ne plaisantais pas, puis, comprenant que c'était du sérieux, me questionnait : « Mais alors, qui a pu tuer Monsieur Marwani ? »

Sa question me faisait revenir à la réalité. J'étais pris de frissons, il y avait un assassin dans la nature, et, que ce soit un détraqué ou un espion ne changeait rien à l'affaire. Nous étions en danger…

Mardi 2 juin 2049 - 17h30
Maison de la famille Vainqueur - Port-des-Barques

Je sortais de la maison pour entrer dans ma voiture qui était restée garée en face. Je m'installais au volant et ouvrais la boîte à gant dans laquelle j'avais eu la bonne idée de dissimuler le téléphone sécurisé avant d'aller à la rencontre des gendarmes.

Je regardais machinalement autour de ma voiture si personne ne faisait attention à moi, puis j'appelais Madame de Reech.

Contrairement à son habitude, elle ne répondait pas immédiatement et chaque sonnerie me paraissait sans fin. À la quatrième, elle se décidait à décrocher : « Oui, Monsieur Vainqueur ? »

Elle ne m'appelait plus par mon prénom, ce n'était pas bon signe.

Je décidais de me jeter à l'eau : « Bonjour Madame. Désolé pour tout à l'heure, mais ces deux empaffés ne voul… »

Elle me coupait la parole sur un ton plus sec que le Sahara : « Il suffit, Monsieur Vainqueur ! Si vous êtes impressionnable au point de révéler des éléments classés secret-défense au premier minable en uniforme venu, je me demande pourquoi vous travaillez pour nous. Je pensais avoir trouvé en vous un collaborateur de valeur, je suis bien obligée de reconnaître que je me suis trompée… »

Je sentais la colère s'emparer de moi. Elle exagérait un peu la mère de Reech. Après tout, je ne m'étais jamais porté volontaire pour son sale boulot, elle était venue me chercher, cette vieille peau, c'était elle qui avait fait une erreur de casting.

Malgré toute ma rage, je décidais de jouer la carte de la diplomatie : « Il ne faut pas m'en vouloir Madame de Reech, je ne voyais pas d'autre moyen de me sortir de ce pétrin. Le brigadier Pilchard était persuadé que j'étais coupable et ne m'écoutait plus. Et puis, je n'ai pas l'habitude de ce genre de situation… »

Mes arguments naïfs faisaient mouche, je sentais sa hargne se dissiper : « Écoutez, Lucien. N'en parlons plus. Il ne devrait pas y avoir de conséquences. Nos agents n'ont eu aucun mal à effrayer cet imbécile de brigadier, il tiendra sa langue. Non, ce qui est plus préoccupant, c'est la raison du décès de votre directeur… »

Le ton grave avec lequel elle avait prononcé cette dernière phrase, me faisait oublier de remarquer qu'elle avait recommencé à m'appeler par mon prénom.

Tout laissait supposer qu'elle avait obtenu de nouvelles informations depuis notre dernière conversation, mais, au regard de la morosité ambiante, les nouvelles ne devaient pas être reluisantes.

Je lui ouvrais la porte de la confidence : « Vous en savez plus sur sa mort ? »

Je l'entendais reprendre sa respiration : « Oui, Lucien. Je sais qui est responsable de son exécution… »

Exécution ! Le terme me glaçait le sang. Ainsi, Marwani avait été exécuté, pas tué ou assassiné, mais EXÉCUTÉ, comme un condamné à mort ou un animal dans un abattoir, donc tout était prévu, prémédité, écrit d'avance.

Je ne pouvais m'empêcher de lui faire partager ma pensée : « Exécution ? Mais, ce sont les condamnés qu'on exécute… »

Madame de Reech sentait que c'était le moment des aveux : « Lucien, mes supérieurs m'ont demandé de vous dire la vérité, car pour votre sécurité, il est important que vous sachiez. Monsieur Marwani avait découvert la nature des travaux que vous effectuiez pour nous. Il s'apprêtait à monnayer ce qu'il savait auprès d'autres puissances. Nous n'avons pas eu d'autre choix que de le neutraliser… »

Je perdais complètement pied. Je ne savais plus bien si tout cela était réel ou si j'étais en train de faire un cauchemar. Mon cerveau entrait en ébullition, analysant à toute vitesse la probabilité de cette version et je lui faisais part de mes doutes : « Marwani qui bosse pour l'ennemi, c'est impossible. En plus, ce matin, vous m'avez dit le contraire, que ce meurtre n'avait aucun lien avec notre travail… Pourquoi m'avoir menti ? »

Elle continuait d'argumenter : « Je ne vous ai pas menti, je ne savais pas, tout simplement. »

J'ironisais : « Ah, oui ? Vous ne saviez pas ? Vos services descendent un quidam et vous n'en êtes informée que le lendemain, cela ne tient pas. »

Devant mon incompréhension, Madame de Reech prenait son ton le plus pédagogique : « Ce n'est pas si simple que cela Lucien. Les renseignements sont constitués de différentes ramifications aux fonctions précisément définies. La section dont j'ai la responsabilité a pour charge de superviser toutes recherches scientifiques dès l'instant où ces dernières doivent rester secrètes. Mais dans le cadre de ces missions, nous nous appuyons sur d'autres services. Par exemple, celui de la sécurité des personnes, dont vous connaissez deux de nos agents, est chargé de veiller à ce que les protagonistes d'un dossier ne soient pas menacés. Une autre division qui peut intervenir, c'est le service de contre-espionnage, qui met sous surveillance tout l'entourage de nos collaborateurs afin d'éviter toute fuite. C'est comme cela qu'ont été repérées les activités indélicates de Monsieur Marwani. Enfin, il y a un groupe d'intervention dont le rôle est de neutraliser toute personne mettant une mission en danger, c'est ce service qui a eu la charge d'exécuter votre directeur. »

J'étais à la fois éberlué et scandalisé : « Et vous voulez me faire croire qu'ils l'ont abattu froidement sans même vous avertir de ses activités ? »

Madame de Reech semblait embarrassée : « C'est vrai qu'ils auraient pu me prévenir... Mais ce n'est pas obligatoire dans nos procédures. Vous savez, chez nous comme partout, il existe des tensions qui peuvent limiter la communication entre les services. »

J'étais de plus en plus abasourdi, voilà que maintenant, elle me servait l'épisode de la guerre des polices. Tout cela ne me contentait pas, je voulais en savoir plus : « Mais, comment Marwani a t'il été repéré ? Qu'est-ce qu'il faisait au juste ? »

Je l'entendais souffler la fumée d'une cigarette : « Le contre-espionnage a intercepté des coups de téléphone et des mails, visiblement passés ou envoyés depuis le laboratoire, toujours en fin de journée, quand le personnel n'était plus présent. En tout état de cause, sa démarche était celle d'un amateur, il s'est certainement imaginé qu'il pourrait monnayer ses renseignements. Il a commencé par prendre contact avec l'ambassade russe qui a mis un peu de temps à le prendre au sérieux, ce qui nous a permis de le neutraliser avant qu'il se mette à table… »

J'étais perplexe. Déjà, j'imaginais mal Marwani prendre de tels risques pour de l'argent, et, d'autre part, je le savais trop intelligent pour agir de manière si peu discrète. Je faisais part de mes doutes à Madame de Reech : « Écoutez, Madame, je connaissais très bien Marwani. C'était un scientifique brillant qui ne laissait rien au hasard. Je ne le reconnais pas dans le portrait de looser que vous en faites… »

Mes arguments ne parvenaient pas à la convaincre : « Vous seriez surpris par la capacité de certaines personnes à mener une double vie, Lucien. Dans les renseignements, nous avons l'habitude d'être confrontés à ce genre d'individus, et je puis vous affirmer que certains sont de véritables caméléons… Quoi qu'il en soit, ce rebondissement nous oblige à précipiter les choses, les Russes pourraient envoyer des agents dans les parages pour essayer d'en savoir plus. Il ne faut pas que vous restiez dans la région. Nous avons décidé de vous mettre à l'abri au plus vite. Vous partez tous les quatre pour l'île de Guam plus tôt que prévu. Là-bas, vous resterez dans la base Andersen sous la protection de l'U.S. Air Force. Je vous attends au ministère de l'Environnement lundi à quatorze heures. De là, vous serez pris en charge jusqu'à l'aéroport du Bourget où vous embarquerez dans un avion spécial. Je vous recontacterai pour vous donner plus de détails. »

Elle ne me laissait pas le temps de répondre et raccrochait.

Je restais là, seul, dans le silence de l'habitacle poussiéreux de ma voiture. Décidément, j'avais de plus en plus de difficultés à supporter cette façon de tout m'imposer. Donc, lundi, je n'avais pas le choix, je devais faire mes bagages, embrasser ma femme et ma fille puis m'envoler pour un séjour d'une durée indéterminée dans une caserne remplie de bidasses mâcheurs de bubble-gum.

D'un côté, je me disais que nous tenions notre expédition, mais, de l'autre, j'étais très inquiet de laisser Louisa et Doris dans le secteur. Avec ce que m'avait raconté la mère de Reech, il n'y avait pas de quoi être rassuré si les Russes décidaient d'envoyer quelques barbouzes dans la région.

J'étais plongé dans mes pensées quand j'entendais taper à la vitre de ma voiture. Je tournais la tête et m'exclamais : « Papa ! »

Il était là, enfourchant son vieux vélo Motobécane qui avait le même âge que lui. Il n'avait qu'une seule main sur le guidon, l'autre s'appuyant sur le toit de la voiture pour lui permettre de garder les deux pieds sur les pédales qu'il faisait tourner à vide dans le sens contraire de la marche.

Je baissais la vitre et découvrais ses yeux pleins de tendresse. Lorsque j'étais enfant, c'était ce même regard qui me rassurait quand venait le soir. Il tombait bien, papa. Je réalisais à ce moment précis, que l'amour de mon père était la chose dont j'avais besoin, et il l'avait senti, le vieux.

Pudique, il ne pouvait s'empêcher de se cacher derrière une boutade : « Alors, fiston ! On a des emmerdes avec la maréchaussée ? »

Je souriais : « On ne peut rien te cacher, mon Papounet. »

Il reprenait : « C'est ton copain qui parle tout le temps qui m'a prévenu. Il est passé à la maison cet après-midi avec votre collègue Angliche tout rougeaud. Je leur ai payé une bière et ils m'ont tout raconté. Apparemment, ils sont sacrément remontés contre un de tes collègues, un certain Godard, qui t'aurait balancé aux flics. Ils comptaient aller chez lui pour lui faire passer ses envies de faux témoignages, je voulais les suivre mais ton copain n'a pas voulu… J'suis trop vieux, il parait… Putain de zob… »

Mon sang ne faisait qu'un tour, Julien et Trevor avait décidé d'aller casser la gueule à cette andouille de Godard. Même s'il ne l'avait pas volée, c'était la dernière chose à faire que d'aller chez lui pour lui donner une correction. Cet empaffé de Godard allait se faire un plaisir de pleurer dans les jupons du brigadier Pilchard et j'allais en prendre plein la tronche quand l'histoire arriverait aux oreilles de Miss de Reech.

Il fallait faire vite pour limiter les dégâts. J'agissais comme dans un réflexe : « Papa, laisse ton vélo ici et monte ! Vite !»

Mardi 2 juin 2049 - 18h30
Maison de la famille Godard - Loire-les-Marais

Edgar Godard habitait une maison inachevée. Ce radin n'avait jamais voulu payer pour faire les enduits extérieurs, laissant la brique à nu. La bâtisse orange se dressait au milieu d'un terrain plat, sans arbres, entouré de champs céréaliers à perte de vue. Il était le seul habitant à des hectares à la ronde.

Ce crétin s'était, à de nombreuses reprises, venté d'avoir magouillé pour obtenir un permis de construire sur un terrain cultivable qu'il avait acheté pour une bouchée de pain. Ce que ce tocard n'avait pas calculé, c'était que sa parcelle de rêve trônait au milieu d'une zone inondable, ainsi, chaque automne depuis dix ans, il regardait le film du dimanche soir les pieds dans l'eau.

Sa femme avait fini par se barrer, et, depuis trois ou quatre ans, cet ahuri vivait seul, comme une merde qu'il était. Pour rompre cette monotonie, et surtout pour satisfaire sa pingrerie naturelle, il proposait une chambre à la location. Ainsi, quelques touristes étrangers en mal de sensations fortes venaient s'échouer quelques jours chez lui.

Ce jour-là, trois voitures étaient parquées devant la sordide bicoque, la vieille Renault de Godard, le break de Julien et un coupé sport dernier cri immatriculé aux Pays-Bas. Je ne pouvais m'empêcher de m'exclamer : « Merde, il y a des touristes chez lui ! »
Je me garais et me précipitais vers la porte d'entrée restée entrouverte.

Au fur et à mesure que j'approchais, j'entendais des cris qui semblaient venir du fond de la maison. J'entrais et accélérais le pas pour traverser le séjour qui puait le salpêtre et l'humidité jusqu'à la cuisine d'où semblaient venir les hurlements.

Je franchissais le seuil de la porte et découvrais un tableau grandiose à faire passer « Les Noces de Cana » pour de la soupe en sachet : dans cette cuisine de célibataire où la graisse faisait la loi, Godard était assis sur l'évier, les fesses dans sa vaisselle sale de la veille, les mains ligotées dans le dos et attachées solidement au robinet. Debout, face à lui, Julien en profitait pour lui balancer de lourdes baffes. Entre deux beignes, comme pour faire une pause, mon binôme avalait une énorme lampée de whisky directement à la bouteille qui ne quittait pas sa main gauche. Tout en arrosant Godard de copieuses tartes, il vociférait quelques sermons à la manière d'un Jules Winnfield du Sud-Ouest.

Cela avait l'air de beaucoup amuser Trevor. Le grand-breton, hilare, se tenait à l'écart, assis sur une chaise, les deux coudes avachis sur la table en formica qui occupait le centre de la pièce. Lui aussi, avait à disposition sa propre bouteille de whisky. Précautionneux, il avait pris soin de la loger dans la poche droite de sa veste, histoire de la garder en lieu sûr entre deux gorgées.

Godard gémissait, couinait, pleurait, s'excusait, priait, implorait, se repentait, promettait que plus jamais on ne l'y reprendrait. Son visage convulsé de terreur le faisait ressembler à un tableau de Munch.

Il me faisait pitié, mes amis avaient été trop loin, il fallait intervenir. Comme je m'approchais de Julien pour interrompre le massacre, cette andouille de Godard croyait qu'à mon tour, j'allais prendre part à la partie de baffes. Ne pouvant en supporter davantage, la poule mouillée se mettaient à me supplier : « Non ! Lucien ! Je t'en prie ! Je vais tout vous dire ! C'est moi ! C'est moi ! »

J'étais estomaqué, c'était lui ? Que voulait-il dire ? De quoi voulait-il s'accuser, de m'avoir balancé aux gendarmes ou d'avoir zigouillé notre chef ? J'étais dubitatif. Cela dit, même si j'avais ignoré qui était l'assassin, ce poltron aurait eu un mal fou à me faire gober qu'il pouvait être capable de dessouder Marwani à la méthode des tueurs à gages. Par contre, je l'imaginais très bien en rajouter des tonnes devant les flics au sujet de ma prise de bec avec notre cher disparu.

Je voulais en savoir plus : « C'est toi ? C'est toi qui as fait quoi, Edgar ? »

Il sanglotait comme un enfant, remplaçant les virgules par des reniflements disgracieux : « Je… J'suis désolé…sniff… C'est moi qui ai dit aux gendarmes… Sniff… Pour toi et M'sieur Marwani… J'avais la trouille, tu comprends… »

Au moment où j'allais lui en demander davantage, tel un projectile venu de nulle part, la main gauche de mon délicieux paternel entrait en collision avec la joue déjà meurtrie de Godard.

Dans le feu de l'action, j'avais oublié qu'il m'accompagnait, papa. Sans autre intention que d'assurer un service impeccable, mon père accommodait cette claque virile de belles paroles réconfortantes : « Putain d'zob ! T'avais la trouille de quoi ? Espèce de p'tit con ? »

Il n'en fallait pas plus pour donner envie à Godard de se mettre à table dans une symphonie de hurlements : « Des Russes ! Les Russes ! Ce sont eux qui l'ont tué ! »

Comme il était à deux pas de la crise de nerf, papa croyait bon de lui faire cadeau d'une deuxième baffe, histoire de l'apaiser. Cet ultime coup de grâce l'envoyait direct dans les pommes.

C'était le moment de mettre en pratique la formation de secouriste du travail que l'on m'avait fait passer au labo quelques années plus tôt. Je demandais à Julien de défaire ses liens et après une mise en position de sécurité, un peu d'eau et quelques nouvelles gifles, Edgar Godard refaisait surface dans le monde réel.

J'avais profité de la perte de connaissance de l'avorton pour demander à Julien à qui appartenait la voiture immatriculée en Hollande. Il m'expliquait que c'était des touristes à qui Godard louait une chambre. Julien et Trevor les avaient croisés en arrivant alors qu'ils s'apprêtaient à faire une balade à bicyclette. Les vacanciers bataves n'avaient pas été témoins de l'échauffourée, j'étais rassuré.

Quand le visage d'"Edgar avait retrouvé un semblant de couleur, je lui proposais d'aller faire quelques pas dehors histoire qu'il récupère et qu'il puisse m'expliquer tout ce qu'il savait en évitant les claques de mes comparses. Un peu plus rassuré, Godard me racontait toute l'histoire.

Dès leur arrivée, la présence de Mitch et Trevor lui avait paru suspecte. Même si, au labo, nous recevions assez régulièrement des scientifiques venus de l'étranger, cette fois, il sentait que c'était spécial. Cette intuition avait attisé sa curiosité maladive encore plus que de coutume, et, il avait tout tenté pour en apprendre davantage.

Il avait pris en filature Julien et Trevor dans leurs soirées alcoolisées, épiant leurs conversations de poivrots dans les bars et les boites de nuits qu'ils avaient l'habitude de fréquenter.

Lors d'une de leurs multiples grandes discussions nocturnes, les deux bavards s'étaient laissé aller à aborder le sujet et Godard n'en avait pas perdu une miette.

Le fielleux Edgar avait capté l'essentiel, c'est-à-dire qu'à la demande des services secrets, nous étudiions de nouveaux courants marins apparus comme par magie dans les océans.

Riche de cette information, il avait attendu que nous débauchions pour fouiller nos bureaux à la recherche de documents, mais n'avait pu mettre la main que sur un vague croquis que nous avions mis à la poubelle. Ce papier était sans importance, mais Godard était convaincu qu'il détenait de l'or.

Il s'était mis en tête que des puissances étrangères pourraient payer très cher pour ce vieux papelard froissé. Ainsi, il décidait de prendre contact avec l'ambassade de Russie, d'abord par mail, le lâche se créant une fausse adresse au nom de Marwani.

Comme son message était resté sans réponse, il choisissait l'option d'attendre que tous les collègues soient partis, en fin de journée, pour téléphoner depuis le bureau, se faisant toujours passer pour Marwani.

L'ambassade l'avait dans un premier temps pris pour un rigolo, mais son insistance lui avait fait obtenir un rendez-vous téléphonique avec une personne qu'il pensait être un agent des services secrets : Godard devait être appelé au bureau le lundi 1er juin à dix-huit heures quarante-cinq précises.

Manque de bol, ce soir-là, Marwani avait décidé de rester tard au labo. Godard attendait jusqu'à cinq minutes avant l'heure de l'appel, mais Marwani était toujours dans la place.

Edgar commençait à paniquer, les Russes allaient téléphoner et si le directeur décrochait avant lui, catastrophe, ils allaient s'adresser au véritable Marwani. Et, persuadés d'avoir le bon interlocuteur, ils allaient commencer à parler et certainement lui mettre la puce à l'oreille. Marwani allait vite comprendre que l'on avait usurpé son identité et que l'imposteur était forcément dans les locaux pour recevoir l'appel. Godard allait être démasqué.

Pris de panique, Edgar avait décidé de fuir le bureau.

Le lendemain, prenant connaissance de la tragédie, il s'était mis en tête que Marwani avait été tué à sa place, car cet empaffé s'était persuadé que seuls les Russes avaient pu faire le coup. Il les imaginait terrés quelque part dans le bureau, attendant patiemment que l'on décroche le téléphone pour pouvoir identifier leur cible.

Dans la tourmente, il trouvait encore le moyen de me charger auprès des gendarmes pour éviter que les soupçons ne se portent sur lui.

J'étais sidéré. Marwani était mort à cause de ce tocard. À mon tour, j'avais une furieuse envie de le baffer.

Je me retenais, détournant mon agressivité vers la parole : « Mon pauvre Edgar ! Je savais que tu étais con, mais à ce point-là ! Tu es champion du monde toutes catégories ! »

J'en voulais à la terre entière. À Godard, bien évidemment mais aussi aux Russes assez crétins pour s'intéresser à lui, et surtout à nos chers services secrets français, les « James Bond jambon-beurre » qui ne semblaient pas savoir que la peine de mort avait été abolie au siècle dernier et qui avaient exécuté Marwani sans enquête, ni procès. Vive la République ! En plus, les aveux de cet abruti me plongeaient dans un bel embarras. Devais-je mettre la mère de Reech au parfum et faire prendre à Godard le risque de se faire trucider en beauté à son tour ? Ou alors, ne rien dire en espérant qu'Edgar avait eu une dose suffisante de trouille pour la fermer ?

Ces choix ne me satisfaisaient pas vraiment. Je ne faisais pas plus confiance à la bande de Madame de Reech qu'à la parole du fourbe Edgar Godard.

L'abruti se prosternait à mes genoux, implorant mon pardon : « S'il te plaît, Lucien, ne dis rien, je t'en prie… »

J'explosais, interrompant illico son insupportable jérémiade : « Ta gueule Godard ! Tu comprends pas que tu t'es mis dans la merde ? Que je te dénonce ou pas, tu risques de te faire descendre. Tu as mis les pieds dans un nid de frelons, et ce n'est pas moi qui peux te sauver. »

L'andouille sanglotait de toutes les larmes de son corps : « Mais alors… Sniff… Qu'est-ce que je peux faire… »

Je réfléchissais à voix haute : « Si j'explique à mon contact que tu es plus bête que méchant, peut-être que je peux t'éviter la guillotine… »

Son regard bovin, tout à coup, s'illuminait : « Oh oui ! Lucien ! S'il te plait ! Demande à ton contact ! Explique-lui que je regrette ! »

J'avais accepté. Nous étions revenus dans sa sordide maison et j'avais appelé Madame de Reech. Je lui avais relaté la version de Godard et demandé sa grâce, estimant qu'il y avait déjà assez d'une mort inutile.

Elle était de mon avis, d'autant qu'une deuxième exécution allait rameuter tous les journalistes spécialisés dans les meurtres en série et autres faits divers. Les fouilles-merde allaient s'agiter dans tous les sens et mettre en difficulté cette maudite mission pour laquelle je regrettais de plus en plus d'avoir été enrôlé.

Madame de Reech proposait de faire prendre en charge Godard par ses hommes en promettant qu'il ne serait pas exécuté, mais sans me dire ce qu'elle comptait faire de lui, tout dépendrait de ce qui serait dit pendant son interrogatoire.

Elle me demandait de le déposer à un point de rencontre discret à deux kilomètres de là, un parking désaffecté au milieu de nulle part, qui avait été jadis une gare routière, à la glorieuse époque des autocars.

Deux agents nous y attendaient, le genre lunettes noires, costume noir, voiture noire.

Quand je leur abandonnais Edgar, ce dernier me questionnait : « Tu es sûr, on ne me fera pas de mal… »

Il me regardait avec les yeux d'un chien que l'on attache à un poteau sur le bord de la route des vacances. Je m'efforçais d'être rassurant : « Mon contact m'a donné sa parole. Maintenant, ne t'attends à dormir dans un trois-étoiles ce soir, tu as quand même fait une sacrée connerie, Godard... Allez, ne t'inquiète pas pour ta maison et tes Hollandais, je t'ai dit que je m'en occupais. En tout cas, de ton côté, essaye de leur faire comprendre que tu as bien pigé la leçon et que tu vas te tenir à carreau désormais... »

Et je m'éloignais pour rejoindre ma voiture et retrouver les autres qui m'attendaient dans l'affreuse bicoque de briques que Godard m'avait désormais confiée.

***

Visiblement, mon absence n'avait pas trop perturbé mes amis.

Lorsque j'arrivais, ils étaient installés dehors, dans le mobilier de jardin en PVC défraîchi dont le plateau de la table semblait se déformer sous le poids des nombreuses bouteilles.

C'était l'heure de l'apéritif, et pour ce genre d'évènement, les énergumènes ci-présentes faisaient preuve d'une ponctualité sans faille.

Un couple les avait rejoints. Une paire de vélos appuyés sur la porte du garage me faisait deviner qu'ils étaient les fameux vacanciers hollandais, les audacieux locataires de la chambre sordide mise en location par le perfide Edgar Godard dans cette infâme bâtisse.

Tous deux avaient ce teint orangé caractéristique des gens du nord trop exposés aux rayons du soleil.

C'était là que s'arrêtait leur ressemblance, car les deux tourtereaux ne boxaient pas vraiment dans la même catégorie. Madame combattait chez les super-lourds tandis que Monsieur faisait des merveilles chez les poids-mouches. La vision de ce couple aux dimensions dépareillées m'évoquant la blague de la souris et l'éléphant, je ne pouvais m'empêcher d'esquisser un sourire. Les deux vacanciers, interprétant mon rictus moqueur comme une marque de courtoisie, me répondaient d'un hochement de tête plein de considération.

Julien décidait de faire les présentations : « Lucien, je te présente Sebastiaan et Juut ! C'est les locataires d'Edgar, ils sont de Rotterdam… »

En même temps, qu'à mon tour, je hochais la tête pour les saluer, j'entendais mon père se poiler, se cachant à peine derrière le large dos de Trevor : « Pfouh ! Hi hi hi ! Oh putain d'zob ! Juut ! Tu parles d'un prénom… Hi hi hi ! Je vais pas m'en remettre de celle-là. »

Ça, c'était papa, il approchait des quatre-vingt-dix piges et ne s'interdisait surtout pas de se marrer autant qu'un adolescent en voyage linguistique. Il nous refaisait « À nous les petites Anglaises » version gouda au cumin, le vieux grigou.

Par bonheur, les deux compatriotes de Van Gogh ne semblaient pas piper un mot de Français. Ils avaient beau tenter d'en donner l'illusion, accompagnant leurs acquiescements convaincus de sourires satisfaits, ils étaient trahis par leurs propres regards, qui se teintaient de points d'interrogation à chaque nouvelle phrase prononcée dans la langue de Voltaire.

Toutefois, le lexique universel de l'apéro-caouettes leur donnait les ailes nécessaires pour gravir avec panache les sommets de la cordillère des langues, et, en m'asseyant à leur table, je devais me rendre à l'évidence : les distingués convives qui constituaient cette délicate et sophistiquée assemblée étaient tous complètement imbibés.

Les ravages de l'alcool se faisaient particulièrement ressentir au moment où Julien décidait de nous raconter pour la sept cent cinquante deuxième fois « la blague des deux putes » qui avait fait sa réputation dans les dîners mondains.

Comme à son habitude, il chauffait la salle, se faisant désirer : « Vous êtes sûrs que voulez que j'vous la raconte, la blague des deux putes ? C'est que j'suis plus très sûr de m'en souvenir de la blague des deux putes… »

Et le public qu'il avait su galvaniser, dans une transe collective reprenait en chœurs : « La blague des deux putes ! La blague des deux putes ! »

On devinait à son regard plein de lumière que Julien vivait là un des moments d'anthologie de son existence : un auditoire conquis lui était offert sur un plateau. L'assistance enflammée était suspendue à ses lèvres gercées, le fruit était mûr, il n'avait plus qu'à le cueillir.

Mais, au moment précis où Julien prenait la grande bouffée d'air frais nécessaire pour bien se lancer dans son épique récit, il était interrompu par la musique du film « Rocky III » qui s'échappait de son téléphone portable.

Son œil de tigre s'assombrissait à la lecture du nom de l'appelant et Julien décidait de décrocher immédiatement, préférant délaisser un public pourtant conquis : « Oui, m'sieur Gallot, ça v…......

Quoi ! .... Mais....... Ils y sont encore là...... Oh ! Put... Pardon... J'arrive tout de suite... »

A sa mine déconfite, je devinais que Julien venait d'apprendre une mauvaise nouvelle.

Je venais à la pêche aux informations : « Qu'est-ce qui se passe, vieux ? »

Il me répondait tout en ramassant sur la table son vieux portefeuille en cuir et en se tortillant comme un danseur de limbo pour le glisser dans la poche arrière de son pantalon : « C'était m'sieur Gallot, mon voisin... Y a des cambrioleurs chez moi... En ce moment... Les a vus depuis sa f'nêtre... Je fonce tout d'suite là-bas ! »

Encore une fois, l'intrépide stupide, ignorant la peur, risquait de prendre un mauvais coup.

J'essayais de le raisonner : « Tu crois pas qu'il vaut mieux prévenir les gendarmes ? »

Au moment où je prononçais cette phrase, l'image du brigadier Pilchard et du gendarme adjoint Briscadieu me sautait aux yeux sur écran géant Technicolor et je réalisais aussitôt la stupidité de ma proposition.

Immédiatement, mon ciboulot se mettait à carburer à une vitesse fulgurante : et si ce cambriolage était lié à notre histoire d'espionnage. Avec la boulette de Godard, les Russes, ou d'autres tristes sires, avaient peut-être décidé de fouiner çà et là, à la recherche de renseignements divers, et, si Julien débarquait pour leur flanquer la trouille avec son opinel, il risquait de sortir de chez lui les pieds devant, déguisé en passoire.

Je ne voyais qu'une option, contacter le colonel de Reech.

J'éloignais Julien des autres convives, et, en aparté, lui exposais mon point de vue. Mes arguments faisaient mouche, je parvenais sans peine à refréner ses ardeurs de justicier.

Aussitôt après l'avoir dissuadé d'intervenir, je fonçais m'isoler dans la maison pour prévenir Madame de Reech.

J'avais sonné à la bonne porte, avec l'histoire de Marwani, elle avait fait grossir les effectifs en faction dans la région et deux de ses gorilles pouvaient débarquer chez Dumont dans les cinq minutes. Elle me demandait de ne surtout pas quitter la bicoque de Godard avant son prochain appel.

L'attente avait été longue, très longue, d'autant que Julien n'avait plus le cœur à amuser la galerie. Par précaution, j'avais appelé Mitch, lui demandant de passer chercher Louisa et Doris, de les emmener chez mes parents et de rester là-bas avec elles et ma mère à l'abri d'autres éventuels fouineurs ayant l'intention d'aller inspecter chez moi.

Madame de Reech ne me rappelait que vers les vingt-trois heures. Nous pouvions rentrer chez nous, tout était réglé.

Elle me rassurait en m'expliquant qu'il s'agissait de véritables cambrioleurs. Des gamins de la région, d'à peine dix-sept ans. Une fois les vérifications faites, les deux agents de Madame de Reech avaient laissé les délinquants accomplir leur forfait, afin d'éviter d'attirer l'attention avec une nouvelle affaire dans le coin.

Julien avait accusé le coup, d'autant qu'une fois chez lui, il avait constaté avec la plus grande tristesse la disparition de ses biens les plus précieux : un cerf-volant en véritable soie synthétique, rapporté de Thaïlande par son « beau-frère de Limoges » ; une collection unique de chopes à bière ; son Monopoly ; la coupe des vainqueurs de la consolante du tournoi de belote de Saint-Parcoul-le-Vieux ; son sac de randonnée ; un didgeridoo de sa propre fabrication, instrument rare aux sonorités uniques de flatulences pachydermiques ; sa vieille caisse à outils ; son survêtement aux couleurs sang et or du Racing Club de Lens, son club de cœur ; son vélo, fier destrier qui lui avait permis de se rendre au travail pendant son retrait de permis ; ses boules de pétanque dépareillées ; une bague en forme de tête-de-mort rapportée d'un festival de Country Music ; un poster encadré représentant une vue aérienne de la maison de son « beau-frère de Limoges » ; un véritable masque africain fabriqué à la main dans le Lot-et-Garonne ; sa canne à pêche ; dix-huit bouteilles de Ricard ; sa collection de films de Kung Fu ; ses livres de cuisine, dont celui qui détenait la fameuse recette du chili con carne au vin rouge ; ses jumelles ; sa chaine stéréo ; ses disques...

Rien ! Il ne restait rien, ils avaient tout pris. Je l'écoutais avec compassion réciter tristement la liste infinie de ses trésors disparus et je respectais son chagrin, même si au fond de moi, j'éprouvais un certain soulagement, tout cela n'était qu'un simple cambriolage, sans lien avec cette maudite affaire, nous évitions le pire.

Après l'avoir chaleureusement réconforté, nous le laissions chez lui en compagnie de Trevor. Il se faisait tard, il était temps pour mon père et moi de rejoindre le reste de notre famille.

Fabricio Pennini

Lundi 8 juin 2049 - 14h20
Ministère de l'Environnement - Paris

Comme quelques mois plus tôt, je me retrouvais à contempler les plafonds dorés, vautré dans un fauteuil de style, attendant que quelqu'un vienne nous chercher mes amis et moi.

Trevor et Mitch découvraient les lieux et Julien s'était autoproclamé leur guide officiel. Très investi, il s'efforçait de les renseigner au mieux sur les principaux points d'intérêt du bâtiment : « Vous allez voir, les gars, y a que d'la belle gonzesse ici. Ça grouille de partout, ça galope dans les couloirs en frétillant du cul, moi, j'aime bien. Par contre, elles sont fières comme des bars-tabac, ces pouliches. Ça t'regarde comme d'la merde, en te prenant de haut, alors vaut mieux vous contenter d'regarder avec vos z'yeux, parce que c'est pas d'la bidoche à consommer sur place, croyez-moi les z'amis. »

Il suffisait à Julien de parler du loup pour que nous entendions retentir le cliquetis frénétique des talons d'une des créatures auxquelles il faisait si délicatement allusion. À chaque seconde, la sonorité caractéristique des Louboutin martelant les dalles de marbre de

Carrare se faisait davantage présente jusqu'à l'entrée de la belle dans la salle d'attente où nous étions installés.

Immédiatement, je la reconnaissais. C'était la jeune femme en tailleur-lunettes-cheveux-tirés qui, la dernière fois, nous avait conduit au bureau de Madame de Reech. Visiblement, Julien, lui aussi, se souvenait parfaitement de la miss : « Tiens, mais c'est Isabelle ! Comment ça va ? La famille, les gosses ? Sacrée Isabelle, toujours en vadrouille dans les couloirs du ministère ! »

Je ne savais pas comment Julien avait pu réussir à retenir son prénom, la mère de Reech n'avait dû le prononcer qu'une seule fois devant nous, mais cela faisait son petit effet sur la fière Parisienne qui semblait déstabilisée. Son visage se mettait à rougir et ses yeux trahissaient sa fureur d'avoir perdu le contrôle. Je m'amusais de cette situation, et cela devait se voir, car c'était en me fixant d'un air sévère qu'elle reprenait la main, puis, comme pour enfoncer le clou, elle nous abordait, employant un ton très sec : « Bonjour Messieurs. Si vous voulez bien me suivre… »

Comme la dernière fois, elle n'attendait pas notre approbation et prenait la direction de notre prochain point de chute en quatrième vitesse.

Nous nous retrouvions à courir derrière elle, contraints de nous orienter en fixant au loin la danse de son popotin serré dans son tailleur Chanel.

Nous ne prenions pas la même direction que lors du premier rendez-vous, et, de couloirs en couloirs, de portes en portes, nous accédions à une aile beaucoup plus moderne du bâtiment, jusqu'à approcher du sas béant d'un ascenseur devant lequel notre accompagnatrice nous attendait.

D'un geste de la main, elle nous invitait à pénétrer dans la cage d'acier, et une fois que nous étions tous à bord de ce moyen de transport vertical, elle pressait la touche « -2 » et nous nous enfoncions dans les abysses du ministère.

Après une descente express, notre cabine s'ouvrait sur un parking sous-terrain que notre guide nous invitait à traverser en direction d'une porte donnant à même les voies de circulation.

On accédait ainsi à une pièce assez grande, meublée de bancs, de porte-manteaux muraux et de casiers, quatre cabines de douche occupant le mur du fond.

Au moment de pénétrer dans les lieux, Julien, l'ancien sportif, ne pouvait retenir son émotion : « Mazette ! Les vestiaires du foot ! »

Il s'agissait en fait du local dans lequel se changeaient les membres du personnel de service. D'ailleurs, l'un d'eux était là, portant la combinaison de travail vert et gris caractéristique des agents techniques du ministère. À notre arrivée, il se retournait, et, la découverte de son visage nous frappait de stupéfaction : Edgar Godard ! ! !

Il nous regardait, fier, il avait retrouvé cet air arrogant que je ne supportais pas. Les questions se bousculaient dans ma tête. Comment pouvait-il avoir été enrôlé comme agent de service au ministère ? Était-ce la seule solution que Madame de Reech avait trouvée pour reclasser ce traître repenti ?

Je n'attendais pas longtemps pour obtenir une explication, Isabelle se chargeait d'éclairer ma lanterne : « Je pense qu'il est inutile de vous présenter Monsieur Godard… Il fera, lui aussi, partie de l'expédition. Madame de Reech vous donnera davantage de détails. En attendant, Messieurs, si vous voulez bien vous donner la peine de passer ces combinaisons. Je vous laisse quelques minutes le temps de vous changer. »

Après nous avoir montré dans un des casiers un grand sac d'où débordaient des tenues vertes et grises identiques à celle que portait Edgar, elle sortait nous attendre dans le parking.

L'affreux Godard avait bien manœuvré, voilà que nous l'avions à nouveau dans les pattes, la cohabitation allait s'annoncer houleuse. Je ne pouvais me retenir de l'apostropher : « Et, bien ! Tu t'en sors bien, mon salop ! »

Je bouillonnais, et lui, revanchard, en rajoutait une couche : « Qu'est-ce que tu crois, Vainqueur, moi aussi, je suis ingénieur... Comme toi... Je suis autant en capacité que toi d'apporter ma contribution aux recherches... Madame de Reech l'a bien compris. Tu t'es toujours pris pour l'homme de la situation, mais tout ça, c'est fi... »

Il n'avait pas le temps de terminer sa phrase, je me surprenais à lui décrocher un coup de poing dans la mâchoire.

Son visage se retrouvait projeté sur le côté et terminait sa course en heurtant brutalement une des patères fixées au mur. Sous la violence du choc, ses jambes cessaient de le soutenir, le laissant glisser lentement pour atterrir sur le banc en position assise.

Son nez pissait le sang et son regard prenait la même expression de panique que lorsque je l'avais trouvé chez lui en train d'encaisser les baffes de Julien, le cul dans la vaisselle sale.

Le brave Trevor, charitable, lui proposait son mouchoir : « Keep your nose clean, boy. Maintenant, tu es dans le team, il faut être stylish. »

Pendant que Godard épongeait la fraise des bois qui lui servait de nez, je sentais la main de Mitch me serrer l'épaule pour me réconforter.

Je me tournais vers lui, il me souriait en me tendant une des combinaisons vertes qu'il avait extirpées du sac : « Allez Lucien, ça va aller, my friend. Habille-toi... »

Après l'incident avec Godard, l'atmosphère était pesante. Je n'étais pas tout à fait calmé et les autres le sentaient, du coup, nous nous changions dans un calme absolu. Comme très souvent, le silence finissait par être rompu par Julien, qui, nous voyant tous vêtus de la même couleur, ne pouvait s'empêcher de fredonner : « Qui c'est les meilleurs ? Évidemment c'est les verts ! »

Quand nous sortions du vestiaire, Isabelle nous attendait au volant d'un fourgon monogrammé « ministère de l'Environnement ». Elle avait aussi revêtu la combinaison verte, avait dissimulé son chignon dans une casquette assortie et s'était complètement démaquillée.

En un coup de baguette magique, la B.C.B.G. Parisienne s'était métamorphosée en « Dédé le routier ». Elle était complètement entrée dans le rôle et habitait le personnage de fond en comble, ne négligeant aucun détail, jouant parfaitement juste, y compris dans la façon de s'exprimer : « Magnez-vous de monter dans l'camion, les gaziers, on a du pain sur la planche en ville ! »

Elle était tellement convaincante que toute la petite équipe s'exécutait immédiatement, s'engouffrant comme un seul homme par la porte latérale coulissante. La place du passager restant vacante, je décidais de l'occuper avec la ferme intention de tirer les vers du nez de Miss Isabelle et d'en apprendre plus sur la suite des opérations.

Mais, en grande professionnelle, elle restait de marbre. Je n'apprenais rien à part quelques évidences, notamment que cette mise en scène servait à nous faire entrer dans l'aéroport du Bourget en toute discrétion.

Fabricio Pennini

Lundi 8 juin 2049 - 16h40
Aéroport Militaire -Le Bourget

Depuis qu'il était devenu propriété de l'armée, le vieil aéroport avait perdu de sa superbe.

Il était désormais cerné de grandes murailles grises, coiffées de barbelés torsadés. Affublé de cette armure de béton, il évoquait davantage un camp de concentration qu'un vestige de l'âge d'or de l'aviation.

Isabelle arrêtait le fourgon devant la barrière de l'entrée principale. Un des cerbères s'avançait et la bourgeoise déguisée l'apostrophait en lui tendant une liasse de documents administratifs : « Salut beau militaire ! On vient faire le contrôle environnemental pour les hangars H28 et H29. V'là les autorisations… »

Le bidasse n'était pas du genre rigolo, il semblait impassible devant la familiarité d'Isabelle. Sans prononcer un mot, il consultait longuement chaque document puis inspectait l'intérieur du fourgon.

Ensuite, il retournait dans sa guérite depuis laquelle nous le voyions passer un coup de fil. Après avoir raccroché, il revenait vers notre véhicule pour apposer un autocollant sur notre pare-brise, remettre à notre conductrice un paquet d'étiquettes plastifiées et enfin nous faire entendre le son de sa voix : « Mettez ces badges, messieurs dame s'il vous plaît… »

Une fois les sésames bien épinglés sur nos poitrines, il nous précisait l'itinéraire, illustrant ses indications de gestes circonstanciés : « Quand vous aurez franchi la barrière, vous tournerez immédiatement sur main gauche. Ensuite, vous longerez la piste d'atterrissage principale sur neuf cents mètres… Les hangars H28 et H29 seront sur votre droite. Une équipe est déjà en place pour vous accueillir devant le hangar H28. »

Nous pénétrions dans l'enceinte et ne tardions pas à trouver les hangars.

En lieu et place de l'équipe promise par le chien de garde de l'entrée, un autre bidasse nous attendait devant le hangar H28.

En nous apercevant, ce dernier se précipitait pour ouvrir un des vantaux de la gigantesque porte du hangar et nous faisait signe d'entrer. Tout en saluant le militaire, Isabelle mettait le coup d'accélérateur permettant au fourgon de pénétrer dans l'immense bâtisse de tôle.

En fait, l'équipe promise nous attendait à l'intérieur. Elle était constituée de quatre personnes vêtues de treillis, qui, un peu à la manière des vaches au passage du train, observaient notre arrivée.

Je reconnaissais Madame de Reech et le couple de binoclards qui nous avait marqué à la culotte depuis le début de notre aventure.

Quant au quatrième larron, il m'était totalement inconnu. C'était un homme noir de presque soixante ans, très grand, à la corpulence généreusement rondouillarde. Il portait une épaisse moustache qui aurait été très en vogue à l'époque du Disco. Ses cheveux étaient tellement court qu'il était impossible de savoir s'il souffrait de calvitie ou si son crâne était seulement rasé.

Comme son visage s'éclairait à la vue de Mitch et Trevor, je finissais par deviner qu'il était le pendant Américain de Madame de Reech.

D'ailleurs, cette dernière faisait les présentations dès que nous étions descendus du van.

Je ne m'étais pas trompé, le bonhomme était un gradé de la C.I.A., il nous était présenté sous l'identité de Mister Warren.

Dans la foulée, Madame de Reech nous donnait les noms du couple « pots de colle » : « Et voici Cécilia et Rolando que certains d'entre vous ont dû croiser dans votre douce région de Charente... »

Seul, Julien semblait surpris par leur présence. Pourtant, depuis quelques mois, nous n'avions pu faire un seul pas sans croiser ces deux maigres et pâlichons binoclards, mais le bougre persistait à se persuader que Cécilia et Rolando demeuraient des recrues de la respectable et glorieuse éducation nationale : « Tiens ? Vous avez enrôlé des profs, Mâme de Reech ? C'est pour nous faire apprend' par cœur la carte de l'île de Guam ? Faudra pas oublier d'coller le sticker de la M.A.I.F. sur l'cockpit de l'avion...»

Même si parfois, j'avais cette capacité de mettre ma fierté en retrait, il fallait bien avouer que sur le moment, j'éprouvais une certaine gêne à être le partenaire de cet incorrigible olibrius. Par chance, Madame de Reech n'avait pas réussi à cerner l'extrême naïveté de mon ami qu'elle imaginait plutôt comme un personnage au caractère hautement caustique. Après quelques francs éclats de rire, elle s'enthousiasmait : « Monsieur Dumont ! Vous êtes impayable ! »

Elle reprenait rapidement son sérieux, pour nous inviter à nous rendre de l'autre côté de l'édifice, dans un préfabriqué construit à l'intérieur même du hangar. Le bâtiment amovible avait été aménagé à la manière d'une salle de réunion et nous nous nous installions tous autour d'une grande table ovale, pendant que Madame de Reech et Mister Warren restaient debout, se tenant face à nous.

Là, nous avions droit à un cours magistral sur le programme des prochaines heures. L'objectif était de quitter Le Bourget de la manière la plus discrète.

Nous allions donc nous envoler à bord d'un modèle d'avion qui transite très régulièrement par cet aéroport.

Cet appareil destiné à l'entraînement des parachutistes semblait idéal pour nous trimballer vers une base secrète d'où nous prendrions un autre avion, celui-là direct pour Guam.

Pendant que Madame de Reech et Mister Warren nous exposaient leur plan, par la fenêtre du préfabriqué, j'apercevais une femme et cinq hommes en train de monter à bord du minibus qui nous avait conduit jusqu'ici. Ils portaient tout comme nous les tenues des agents techniques du ministère. Je comprenais qu'ils allaient nous remplacer afin de finir de brouiller toutes les pistes.

Nous étions en train de disparaître et cela me faisait tout bizarre, cette sensation de passer dans l'au-delà, de devenir des sortes de spectres insaisissables.

J'avais une grosse pensée pour Louisa, Doris et mes parents. Eux, restaient dans le monde réel, nous allions être séparés comme jamais auparavant, et cela m'angoissait terriblement.

Pour éviter de sombrer dans quelques nostalgies, je me recentrais sur les explications de nos supérieurs. Ces derniers nous annonçaient qu'ils ne nous accompagnaient pas, confiant nos carcasses à Isabelle et aux deux binoclards.

Nous devions à nouveau passer par la case vestiaire, cette fois, pour nous déguiser en paras.

Comme je rencontrais toutes les difficultés du monde à engouffrer ma grande tignasse dans le minuscule béret rouge, Isabelle me faisait cadeau d'un magnifique filet permettant de maintenir ma crinière plaquée contre mon crâne. Évidemment, cela ne manquait pas d'inspirer Julien : « Z'avez vu les gars, Demoiselle Isabelle a attrapé un gros poisson ! »

Tout le monde avait bien ri, et cela avait été le dernier moment de détente avant le vol le plus inconfortable de toute notre existence.

Si ces trente dernières années, l'aviation avait fait un pas de géant, les parachutistes, sortes de spartiates de l'armée française, avaient choisi de continuer de s'élancer dans le vide depuis des coucous dont la technologie n'avait jamais changé depuis plus d'un siècle.

Les courants d'air glaciaux, le grondement insoutenable des moteurs, les odeurs écœurantes de kérosène venaient s'ajouter à de violents tremblements que les turbulences pouvaient décupler. Dans la carlingue d'acier, plus personne ne riait.

Certains vomissaient leurs tripes, pendant que d'autres imploraient la bonne mère avant de s'évanouir. Godard pleurait à chaudes larmes, Mitch s'efforçait de garder les yeux fermés, Trevor ne s'arrêtait plus de répéter des « Oh ! my God ! Oh ! my God ! », Julien, qui l'eut cru, ne disait plus un mot et moi, je m'efforçais de serrer les fesses en espérant que cela se voie le moins possible.

Concernant nos amis des services secrets, les deux espions à lunettes étaient encore plus verts que d'habitude, quand Isabelle, imperturbable, lisait un magazine de mode en dégustant une barre chocolatée. Je ne savais toujours pas quelle était sa fonction, ni qui elle était vraiment, mais elle montrait un sacré cran, cette bougresse, et elle nous avait bien bluffés avec ses airs de secrétaire sainte-nitouche des beaux quartiers.

Le vol durait bien trois bonnes heures. L'atterrissage était encore plus mouvementé que le reste du voyage, d'autant que l'appareil se posait dans l'obscurité la plus totale, mais, par bonheur, le pilote était un as, certainement bien aidé par un dispositif à infrarouge.

J'essayais de regarder par le hublot pour avoir une idée de l'endroit où nous nous trouvions, mais tout était noir à perte de vue. Avant de descendre de ce cercueil de tôle, Isabelle nous distribuait des lunettes à vision nocturne pour que nous puissions nous promener dans cette mystérieuse base sans nous casser l'os du fémur.

Nos lorgnons futuristes ne nous permettaient ni de voir loin, ni de voir bien. Pourtant, ce bruit fracassant et incessant qui monopolisait l'espace acoustique m'était très familier, c'était celui de la houle. Avec, en plus, ce vent vif et chargé d'embruns qui nous taillaient les joues, cela ne faisait aucun doute, nous étions en plein milieu de l'océan.

Un moment, j'avais cru que nous nous étions posés sur un porte-avion, mais le bâtiment était trop grand et trop stable pour être un navire. C'était plus probablement une gigantesque dalle d'acier construite au-dessus du niveau de la mer, un peu comme une plateforme pétrolière géante.

Quand toute l'équipe était descendue de l'appareil, Isabelle nous invitait à la suivre. Nous nous retrouvions comme au ministère à courir derrière ses talons qui depuis avaient troqué les aiguilles contre des semelles à crampons renforcés.

Nous marchions en file indienne pendant une dizaine de minutes pour rejoindre un autre avion de bonne taille, aux formes très aérodynamiques et très épurées à la fois, avec une silhouette triangulaire quasi parfaite. Même si mes lunettes ne me permettaient pas d'en voir beaucoup, je savais que jamais auparavant, je n'avais eu un tel engin devant les yeux. Julien aussi semblait impressionné : « Mazette ! On est dans un épisode de Star Trek... »

L'appareil reposait sur quatre énormes vérins de titane qui le surélevaient du sol de cinq bons mètres. L'accès à bord se faisait par en dessous, en entrant dans une nacelle de verre, sorte de cage d'ascenseur suspendue assez grande pour nous accueillir tous les huit. À peine y étions-nous entrés, qu'elle s'élevait dans les airs pour nous faire pénétrer dans le ventre de la bête. L'intérieur de l'engin, tout du moins l'espace auquel nous avions accès, était beaucoup plus conventionnel. Il s'agissait d'un salon pullman, très douillet, semblable à ceux que l'on trouve dans les jets privés. Une quinzaine de fauteuils moelleux nous tendaient les bras, ce voyage allait être plus reposant que le précédent.

Une fois installé confortablement, j'étais troublé par l'absence d'ouverture sur l'extérieur, aucune fenêtre, ni hublot, nous étions comme des sardines dans leur boite.

Une jeune femme blonde, très grande et très maigre, vêtue d'un uniforme d'hôtesse de l'air, faisait son entrée par la porte située au fond de l'appareil. Elle esquissait trois pas dans notre direction, puis, commençait à nous parler dans un français déformé par un accent texan à faire passer John Wayne pour un Monégasque : « Ladies and Maoussieurs, bondjouww ! Welcome dans an appareull de la U.S. Air Force. Le vol va dourer longtime. Naous allons vous poorter un rweupah show avec hotdogs and hamburgers. Je swaite twès boon voyage to you. »

Évidemment, Julien ne manquait pas de réagir : « Ben dis-donc, elle s'est noué le chewing-gum autour de la langue, l'hôtesse de l'air... J'ai rien pipé de c'qu'elle a dit... »

J'essayais de lui traduire : « En gros, elle a dit que notre voyage allait être encore long et qu'ils allaient pas tarder à nous servir à bouffer. »

Il haussait les épaules : « Ah ! Super ! J'ai une de ces fringales ! Mais, t'as vu comme elle est squelette, la frangine ? J'espère qu'elle va pas nous proposer de partager sa ration de tofu, sinon, j'ai pas fini d'avoir le bide qui chante la Traviata... »

Je le laissais continuer seul sa conversation et me tournais vers Isabelle pour en savoir plus sur notre nouveau moyen de transport.

Elle m'expliquait qu'il s'agissait du dernier modèle d'avion furtif de l'U.S. Air Force, qu'il avait la particularité de décoller et de se poser à la verticale et qu'il allait nous transporter de la façon la plus discrète et directe vers la base Andersen.

« Direct » était un bien grand mot, en effet, pour ne pas être repéré, notre avion ne devait voler que de nuit et malgré toute sa rapidité et à cause des neuf heures de décalage horaire, il ne pouvait rallier Guam avant la fin de la nuit. Nous allions voler jusqu'à atteindre une planque avant le lever du jour, passer la journée sans sortir de l'avion puis redécoller le soir suivant pour finir par nous poser sur la base Andersen en plein milieu de la nuit suivante.

Intérieurement, je me disais que ce confinement forcé tout au long de ce périple allait nous faire passer du pullman au « pue-le-mâle » en moins de deux.

Isabelle me donnait ensuite quelques détails techniques sur la vitesse de l'engin, l'altitude de vol et l'âge du capitaine. Je l'écoutais attentivement jusqu'à ce que je sois intrigué par un léger tremblement sous mes pieds. Mon regard devait trahir une certaine nervosité, car elle se sentait obligée de me rassurer : « Ne vous en faites pas, cela fait toujours ainsi au décollage. Mais ensuite, nous ne sentirons plus rien, pas même une vibration, et en plus c'est complètement silencieux. »

Au fil des heures, notre petite communauté prenait ses marques.

Isabelle et Cécila discutaient chiffons en feuilletant des magazines. Trevor commandait des mignonnettes de whisky à l'hôtesse et les sifflait en regardant des vidéos sur sa tablette. Godard, lui, passait la majeure partie de son temps à dormir.

Julien avait sorti de sa poche un vieux jeu de cartes pour proposer à qui le voulait une partie de belote.

Rolando et Mitch se laissaient tenter et Julien insistait pour que je fasse le quatrième.

Le début était un peu laborieux : Mitch ne connaissait pas les règles du jeu et Julien n'imaginait pas que quelqu'un d'autre que lui-même puisse les lui expliquer, cela malgré les limites de sa pédagogie.

Comme à son habitude, n'écoutant que sa personne, il se persuadait que Mitch savait jouer au tarot, alors que ce n'était pas du tout le cas, et il s'échinait à lui enseigner les bases, faisant le parallèle entre les deux jeux de cartes. Nous avions ainsi le privilège d'entendre quelques perles de citations dignes des plus illustres philosophes. Julien finissait par définitivement perdre notre Américain en lui soutenant : « S'tu veux, le valet, c'est un peu comme le vingt-et-un, sauf qu'y vaut vingt... Tu vois, c'est facile ! »

Du coup, Rolando prenait les rênes en proposant le fameux « tour pour rien » donnant à tout esprit cartésien normalement constitué la possibilité de capter rapidement les principales subtilités du jeu.

La judicieuse initiative de l'espion à lunettes permettait à Mitch de progresser d'un coup. Résultat : Julien était vexé comme un pou : « Alors, quand c'est Môssieurs le professeur qui explique, Môssieurs Mitch pige tout d'suite ! Ben, voyons ! »

Rolando tentait désespérément de se défendre : « Mais, je ne suis pas du tout professeur, Monsieur Dumont ! J'ai fait toutes mes études à l'école de Police. »

Mais Julien n'en démordait pas : « Taratata ! C'est pas à un vieil escargot qu'on apprend à faire des limaces ! Avec vot'tête à lunettes et vot'teint de macchabée, vous êtes fait pour l'enseignement, cherchez pas... Et si vous êtes allé en école de flic, c'est qu'y a eu une erreur administrative au moment d'vous inscrire à l'école normale… »

Je me disais que ce délicieux moment valait bien la célèbre partie de cartes de Pagnol.

Julien y campait un César post-atomique des plus réussis quand Rolando lui donnait parfaitement la réplique, interprétant un Monsieur Brun plus vrai que nature.

Mardi 9 juin 2049 - 2h15
Andersen Air Force Base – Guam, USA

Je m'étais endormi quand je ressentais à nouveau les vibrations caractéristiques des décollages et atterrissages de cette perle de la technologie. Mitch me secouait délicatement l'épaule pour finir de me réveiller d'une voix douce : « Lucien ! My friend ! The aircraft touched down, Isabelle vient de dire que nous sommes arrivés… »

Un minibus nous attendait à la descente de l'avion. La base était très peu éclairée, impossible de correctement distinguer à quoi elle pouvait ressembler, la seule chose palpable était son immensité.

Le minibus roulait une bonne demi-heure avant de se garer le long d'un baraquement devant lequel un sous-officier nous attendait. C'était un très grand et très gros bonhomme, sans cheveux ni sourcils. Il ressemblait trait-pour-trait à un des membres de « la famille Patate ».

Il se présentait, nous faisant le salut militaire. Il avait un accent tellement particulier que Mitch prenait l'initiative de traduire : c'était le Master Sergeant

William Clarkson. Son rôle était de veiller à ce que nous ne manquions de rien et il fallait le reconnaître, l'armée américaine avait fait les choses en grand.

Le baraquement était composé d'une pièce centrale faisant office de salon, salle à manger, cuisine, autour de laquelle s'articulaient quatre chambres doubles avec salles de bains individuelles.

L'ensemble était cossu et confortable, une fois à l'intérieur, il était difficile d'imaginer que nous étions dans un baraquement militaire.

La petite communauté investissait la place, les binômes se répartissaient dans les chambres : logiquement, les deux femmes choisissaient de s'installer ensemble, comme Trevor et Julien ou Mitch et moi-même, ce qui condamnait le pauvre Rolando à faire chambre commune avec l'ignoble Godard.

Malgré l'heure tardive, un repas froid nous était servi dans la salle à manger. Pendant que nous nous restaurions, le sergent Clarkson nous mettait au parfum sur ce qui nous attendait le lendemain.

En fin de matinée, nous allions avoir une réunion afin de rencontrer nos collaborateurs sur place et d'organiser avec eux les différentes mesures et relevés dont nous avions besoin pour identifier la source des courants.

Cela me rappelait que nous avions menti pour être certains de venir ici et qu'il allait falloir jouer juste pour faire semblant de découvrir ce que nous savions déjà.

Avec Mitch, une fois dans la chambre, avant de nous endormir, nous en parlions quelques minutes sans trouver de stratégie bien établie. Nous choisissions finalement de faire confiance à notre instinct en fonction des évènements du lendemain.

Fabricio Pennini

Mercredi 10 juin 2049 - 11h00
Andersen Air Force Base – Guam, USA

Le sergent Clarkson était venu nous chercher avec un minibus et nous traversions une grande partie de la base.

Je réalisais l'étendue de celle-ci. Nous avions longé plusieurs pistes d'atterrissage, des terrains de base-ball, un parcours de golf et de nombreux bâtiments, hangars et baraquements.

Cela ne m'avait pas choqué à la sortie de l'avion, mais là, dès le matin, je ressentais cette chaleur chargée d'humidité caractéristique des climats tropicaux. Julien arborait d'ailleurs deux énormes auréoles de sueur sous chaque manche de l'uniforme beige clair que le sergent nous avait demandé de porter pendant notre séjour sur la base.

Ces tenues composées de chemisettes et de bermudas donnaient à notre groupe l'allure d'un régiment de l'empire colonial britannique des Indes.

Notre minibus se garait face à un baraquement devant lequel un panneau indiquait « Military Staff ». Le sergent nous invitait à entrer dans le bâtiment.

À l'intérieur, nous pénétrions dans une grande salle avec une immense table rectangulaire en son centre.

Trois personnes nous y attendaient. Je reconnaissais Mister Warren, le patron de Mitch et Trevor, les deux autres ne me disaient rien.

Il y avait un type d'une soixantaine d'années, la calvitie bien prononcée, des lunettes en métal et une blouse blanche. L'autre, à peine plus jeune avait une dégaine d'aventurier, une barbe d'une semaine, la peau tannée, des tatouages sur les bras, une casquette de marin et des vêtement élimés.

On nous invitait à nous asseoir autour de la table, et, à peine étions nous installés, qu'une voix familière retentissait dans mon dos : « Bonjour messieurs dames, j'espère que votre voyage n'a pas été trop désagréable ! »

J'aurais reconnu cette voix entre mille, la mère de Reech ! Elle était là, elle aussi ! Je ne m'attendais pas du tout à la voir ici. Je ne comprenais pas pourquoi elle et Mister Warren n'avaient pas pris le même avion que nous. Certainement, qu'en tant que chefs, ils s'étaient réservé un moyen de transport plus confortable.

Comme au Bourget, Madame de Reech prenait l'initiative de mener la réunion. Elle commençait par nous présenter les deux inconnus.

Le baroudeur avec la casquette de marin s'appelait Gordon Woodbridge, c'était le capitaine d'un gros chalutier qui servait de couverture pour réaliser des opérations discrètes autour de l'île.

L'autre type, celui en blouse blanche, était le professeur Lagoutte, ingénieur belge inventeur d'un modèle de submersible capable de descendre dans les profondeurs les plus extrêmes.

« Descendre dans des profondeurs extrêmes ? » Mon sang ne faisait qu'un tour. Comment la mère de Reech avait pu embaucher un spécialiste des plongées en eaux profondes alors qu'elle n'était pas censée savoir que nous allions avoir besoin d'explorer la fosse des Mariannes ? Je devais certainement très mal cacher ma stupéfaction, car elle m'apostrophait immédiatement : « Vous avez l'air contrarié, Lucien, quelque chose vous chagrine ? »

Je restais silencieux ne sachant quoi répondre, la situation devenait vraiment inconfortable. Heureusement, Mitch venait à ma rescousse : « I think that, Lucien, comme nous tous, s'interroge sur le rôle du professeur Lagoutte. Vous prévoyez une expédition en eaux profondes ? »

Madame de Reech esquissait un sourire de victoire : « Messieurs, ne pensez-vous pas qu'il serait temps d'en finir avec vos petites cachotteries… »

Son regard lançait des missiles nucléaires, nous étions à sa merci. Mitch, Trevor et moi avions compris, seul Julien tentait de résister : « M'âme de Reech, j'comprends pas, on fait pas d'cachott… »

Elle le coupait net dans son élan : « Taisez-vous Dumont ! ! ! »

Le silence qui suivait était interminable, cette femme avait la faculté de pouvoir être glaçante, plus personne n'osait parler. Elle nous fixait de son regard sévère pour reprendre : « Vous êtes bien présomptueux, Messieurs les scientifiques ! Vous êtes tellement persuadés d'être les seuls capables de décrypter vos calculs que vous nous avez envoyé vos résultats de recherches sans penser que nous n'y devinerions pas que la source de tous ces courants était au cœur de la fosse des Mariannes, n'est-ce pas ? »

Nous devions avoir l'air de cancres surpris en train recopier une antisèche.

Julien essayait de faire profil bas : « Allez m'âme de Reech sans rancune, c'tait pas pour vous mentir, c'est juste qu'on avait envie d'la faire cette expédition, faut nous comprendre. Mais, sérieux, vous êtes fortiche, quand même, car on avait exprès codé nos calculs avec un système de codage bien particulier qu'on n'utilise qu'au labo, on était persuadé que vous trouveriez pas, comment vous avez fait, au juste ? »

La réponse qu'elle lui donnait me faisait tressaillir de rage : « C'est tout simple, Monsieur Dumont. J'ai fait analyser vos documents par monsieur Godard… »

C'était le coup de massue. Non seulement, nous étions pris la main dans le sac, mais, en plus, on le devait à cet empaffé de Godard qui avait vendu la mèche. Maintenant, savoir comment ce crotale s'était retrouvé avec nos calculs entre les mains, ma fierté me défendait de poser la question. J'allais bien finir par l'apprendre tôt ou tard en cuisinant ce renégat.

Et malgré tout ce qui avait pu se passer, à nouveau, il nous regardait, bombant le torse, l'œil satisfait, hochant mielleusement la tête à chaque mot prononcé par Madame de Reech, décidément, il me sortait par les trous de nez. J'avais envie de lui mettre la rouste de sa vie, il ne l'avait pas volée… Stop Lucien ! Je me faisais violence pour me forcer à chasser Godard de mes pensées et mieux m'enquérir du sort qui nous serait réservé après cette trahison : « Ce qui est fait et fait, Madame de Reech. La question, maintenant, c'est : que comptez-vous faire de nous ? Pourquoi nous avoir fait venir jusqu'ici ? Pour nous faire passer en cour martiale pour haute trahison ? Pour faire disparaître nos corps dans le Pacifique ? J'avoue que je ne comprends pas pourquoi vous ne nous avez pas laissés en France… »

Ma colère avait éclairci son visage jusqu'à lui faire esquisser un sourire : « Ah Lucien ! Je vous reconnais bien là ! Vous avez trop tendance à confondre les méthodes des services secrets avec celles du grand banditisme. Nous pouvons parfois pardonner, vous savez. Et puis, nous savons reconnaître les compétences, et vous avez obtenu des résultats plus que tangibles. D'autre part, après l'affaire Marwani, nous souhaitons limiter le nombre d'intervenants extérieurs à nos services et donc éviter la création d'une nouvelle équipe. Est-ce que ma réponse vous satisfait ? »

Je hochais la tête sans parler. Julien avait davantage besoin de se faire préciser les choses : « Donc, ça veut dire qu'on continue ? »

Madame de Reech ne semblait plus du tout en colère : « Oui ! Monsieur Dumont ! Vous continuez ! Et maintenant que cette parenthèse est fermée nous allons pouvoir entrer dans le vif du sujet : le déroulement des opérations, ici à Guam. »

L'exposé durait deux bonnes heures. Tout y était présenté en détail. Dans un premier temps, plusieurs survols de la zone seraient effectués en hélicoptère. Le but était de faire les relevés et observations nécessaires avant d'engager le chalutier sur le site.

En effet, il était envisageable que la zone ne soit pas navigable compte tenu de la force d'un tel courant. Il était convenu de faire des relevés sur une semaine, afin d'analyser le phénomène à différentes heures du jour et de la nuit.

C'était l'occasion d'apprendre qu'Isabelle et Cécilia allait piloter l'hélico à tour de rôle. Je comprenais d'ailleurs au fil des explications que chaque membre de l'équipe avait un rôle bien précis. Isabelle, Cécilia et Rolando avaient tous les trois comme fonction principale d'assurer la sécurité de notre expédition, mais pas seulement : ils étaient aussi capables de conduire divers engins, ceux se déplaçant dans les airs pour les filles, ceux évoluant dans les eaux pour Rolando.

Après cette première phase, si les résultats le permettaient, il était prévu que nous embarquions tous à bord du Gardenia, le chalutier du Capitaine Woodbridge.

Sous ses airs de vieux rafiot de pêche, le Gardenia était équipé en électronique dernier cri et cachait dans sa coque un sas renfermant le submersible conçu par le professeur Lagoutte, le Neptopus4.

Cet engin révolutionnaire était constitué d'un sarcophage ultra résistant supportant des pressions supérieures à deux mille bars. Il pouvait transporter quatre personnes à son bord pour les emmener au fond des abysses à plus de vingt kilomètres à l'heure avec une autonomie d'au moins soixante-douze heures. L'appareil était équipé de bras articulés rétractables lui donnant la possibilité d'effectuer toutes sortes de prélèvement dans les meilleures conditions.

Les gouvernements français et américains s'étaient associés pour payer une fortune le brevet de cette merveille et avaient choisi de tenir son existence secrète, destinant son exploitation à l'espionnage.

Intérieurement, en tant qu'océanologue, je ne pouvais que tomber des nues. Des états considérés comme civilisés préféraient priver la recherche scientifique de cet outil merveilleux pour le mettre au service de leur petite guéguerre secrète.

Décidément, avec cette aventure, ma foi en l'humanité se réduisait en poussière.

J'essayais de chasser ces idées noires pour à nouveau me concentrer sur la prose de Madame de Reech : « Quand Le Gardenia vous aura conduits au bord de la fosse, vous aurez fait plus de cinq cents kilomètres de croisière, il faut compter environ deux jours et demi pour arriver sur place. Ensuite, les plongées pourront commencer avec Rolando et le professeur Lagoutte aux manettes du Neptopus. Les deux autres places du submersible vous seront réservées, Messieurs les ingénieurs. Il faudra faire un roulement, chacun votre tour, je compte sur vous pour être disciplinés ! »

L'essentiel était dit, nous marchions sur les traces du commandant Cousteau, restait à savoir quel gros poisson nous allions attraper.

Dans le bus du retour, nous étions tous silencieux, seul Julien avait approché son visage du mien pour me glisser à l'oreille : « Quelle grosse balance, cet Edgar… »

Je ne répondais pas, mais je ne comptais pas pour autant en rester là.

Dimanche 14 juin 2049 - 12h30
Restaurant "Pho-Thaï-Ming"
San Vitores plaza Tamuning – Guam, USA

Après les premiers jours d'exploration en hélicoptère, on nous avait accordé notre dimanche et nous avions obtenu la permission de sortir pour faire un petit tour dans l'île et manger au restaurant.

Isabelle, Cécilia et Rolando ne nous avaient pas suivi, leurs ordres de mission ne mentionnant pas d'autorisation de sortie en dehors de la base, comme quoi, même au sein de l'élite des services de renseignements, l'administration française continuait de faire ses ravages procéduriers.

Du coup, nous nous retrouvions Trevor, Mitch, Julien et moi avec Godard dans les pattes. Je comptais bien sur cet aparté pour lui en demander davantage sur ce qui avait permis à la mère de Reech de déjouer notre petit mensonge et sur le rôle qu'il avait tenu là-dedans. On nous avait prêté une sorte de Jeep décapotable et nous avions roulé une bonne partie de la matinée pour visiter les environs.

A part la végétation, tout faisait penser à la campagne américaine, de larges routes bordées de stations-service, de motels ou de centres commerciaux vétustes surgis de nulle part et de rares habitations au style très occidental. Seuls, les palmiers étaient là pour nous rappeler que nous étions sous les tropiques.

Nous nous arrêtions finalement à Tamuning qui semblait être la ville principale pour y atteindre la « plaza San Vitores » que le sergent nous avait recommandé comme « le coin des restos ».

En fait de quartier pittoresque, cette place était un alignement de bâtiments lugubres dans lesquels s'alternaient salons de massage et restaurants. Sortis des traditionnels fast-foods à hamburger et hot-dog, les bouis-bouis proposaient de la cuisine de toutes les nationalités : chinoise, indienne, italienne, brésilienne, thaï, turque, mexicaine...

Nous choisissions un Thaïlandais qui avait l'air moins crasseux que les autres et à peine étions nous entrés que Julien commençait à causer « massages » avec la patronne. Comme les deux n'avaient pour seule langue commune qu'un Anglais approximatif, niveau deuxième trimestre de classe de sixième réadaptation, le langage des signes avait peu à peu pris l'ascendant sur les mots.

Souhaitant connaître le meilleur établissement où bénéficier des bienfaits de cette pratique locale, Julien utilisait l'intégralité de son corps d'athlète, réalisant de larges mouvements que des âmes sensibles auraient pu interpréter comme obscènes.

Par bonheur, vu son grand âge, notre hôte avait suffisamment roulé sa bosse pour en avoir vu d'autres et ne paraissait nullement choquée par les pirouettes libidineuses de notre ami. Au contraire, elle finissait par satisfaire sa demande en lui indiquant une professionnelle, une certaine Madame Hoki, exerçant cette spécialité à deux blocs à peine. Julien ayant noté toutes les coordonnées, nous pouvions enfin passer commande.

Ensuite, la distinguée restauratrice déposait sur nos plateaux les plus subtils des mets orientaux, délicatement enveloppés dans de superbes écrins de cartons imprimés aux couleurs de cet établissement de renommée internationale. Ayant pris livraison de nos repas au comptoir, nous nous installions autour d'une des trois tables disposées devant le bâtiment, à même le trottoir, constituant ainsi une terrasse de fortune qui nous offrait une vue imprenable sur la « plaza » et ses enseignes bariolées.

Dumont mangeait à la vitesse de la lumière au galop, trop impatient d'aller ensuite se faire pétrir la couenne par les mains expertes de la fameuse Madame Hoki. Cet empressement alimentaire empêchait à peine les phrases de s'échapper de sa bouche, et comme souvent, il était en boucle : « Hmff ! Arf ! J'peux vous dire, il me tarde les gars ! Groumpf ! Warf ! Vous allez voir ! Glups ! Oups ! Sont super forts pour les massages ! Moi ça va m'faire du bien avec mon lumbago ! Miam ! Humpf ! En plus, y sont gentils, y sourient tout l'temps ! Grrr ! Burp ! »

Entre les relents de nuoc-mâm, de gingembre et de sauce soja, je comprenais que ce brave Julien comptait fermement nous entraîner avec lui dans le salon de Madame Hoki.

Pour lui éviter d'espérer trop longtemps, je décidais de lui mettre les points sur les i : « Tu sais Julien, ça me dit trop rien de m'enfermer cet après-midi. Je vais plutôt aller faire un tour sur la plage, voir si je peux louer un surf. Il parait que les vagues sont énormes de ce côté de l'île. »

Mitch attrapait immédiatement la perche que je lui tendais : « Me too ! Je vais avec toi ! My friend ! »

Trevor lui non plus ne semblait pas tenté par les massages : « I follow you ! Boys ! Je trouverai bien une terrasse pour regarder vous en train casser vos gueules dans les shore break. »

Julien déçu se tournait vers Godard : « Bon, ben… Edgar, toi, tu viens alors… »

Toujours plus odieux, ce cancrelat trouvait le moyen de faire la fine bouche : « Ben, je sais pas. Ça dépend, ça doit coûter cher, non ? »

Sa réaction me plongeait dans une colère froide. Impassible, je m'entendais lui dire : « Si tu me racontes comment tu en es arrivé à vendre la mèche à la mère de Reech, je te le paye ton massage… »

Mon regard devait être effrayant, car ses yeux me renvoyaient la même expression de terreur que lorsque nous l'avions secoué juste après la mort de Marwani. : « Lucien, je te jure cette fois, j'y suis pour rien… Elle… Elle m'a forcé, j'ai…J'ai pas eu le choix. »

Julien prenait la suite en même temps que son air le plus mauvais : « Alors, raconte ! RACONTE NOM DE DIEU ! »

En entendant l'énorme organe de Julien implorer la divinité ultime, Godard, en bon chrétien, se mettait immédiatement à table.

De sa voix pleurnicharde, il nous expliquait qu'une fois entre les mains des services secrets, il avait été conduit dans un lieu inconnu pour très vite y rencontrer Madame de Reech. Cette dernière l'avait interrogé à plusieurs reprises et, un jour, elle lui avait demandé d'étudier nos calculs.

Comme elle voulait s'assurer qu'il avait les mêmes compétences que nous, elle avait préalablement ôté nos conclusions du rapport initial, et attendait de voir s'il aboutirait aux mêmes déductions. Elle lui avait promis qu'en cas de réussite, il intégrerait notre équipe et serait complètement blanchi, faisant peser dans la balance qu'il s'agissait là de sa seule chance de salut. Pour une fois, ce misérable crétin avait donné tout ce qu'il avait, démontrant sans le savoir que nos analyses ne correspondaient pas du tout à nos calculs. J'étais bien obligé d'admettre que pour une fois, il n'était pas responsable de nos malheurs. Il avait bien mérité son massage.

***

L'après-midi avait été merveilleux. Quelle chance, le temps était magnifique, comme une trêve au milieu de la saison des pluies, et nous nous étions régalés à prendre les majestueuses vagues du Pacifique.

Trevor avait dégoté une terrasse de paillote pour passer le temps en buvant quelques shots d'alcool de riz et nous venions de le rejoindre pour siroter un cocktail face à l'océan.

Malheureusement, notre repos était de courte durée, car Julien débarquait en hurlant, avec pour seul vêtement une serviette de bain nouée autour de la taille : « Les gars… Enfin, j'vous trouve ! Vite ! Edgar ! Putain, ça craint ! Il est… Il est… »

Seul Trevor osait prononcer le mot : « Dead ? »

Nous étions suspendus aux lèvres de Julien, qui à bout de souffle ne parvenait plus à sortir un seul mot.

Le moment paraissait interminable et je me mettais à gamberger, à imaginer toutes les hypothèses. Julien finissait par retrouver de l'oxygène : « Non, pas mort… Mais il est mal… V'nez… »

Pendant que nous le suivions à travers les rues de la ville, Julien nous racontait : « Pour les massages, y avait que maâme Hoki de disponib'. Du coup, j'y suis allé en premier et maâme Hoki, elle a proposé à Edgar d'aller attendre à l'étage du salon où qui y a une sorte de club, qu'elle disait. Après, moi, j'me suis plus occupé de lui, surtout qu'avec maâme Hoki, on s'est drôlement bien entendu, si vous voyez c'que j'veux dire… Alors ça a duré un moment… Et puis, tout d'un coup, on a entendu crier et on est venu nous chercher, ils ont retrouvé Edgar aux chiottes dans les vapes et en plus, il s'est gerbé dessus… Je savais pas quoi faire… Alors je suis venu vous chercher… »

Il terminait son épique récit pile à l'instant où nous entrions dans le salon de Madame Hoki, une grande pièce dans laquelle était aménagées des alcôves délimitées par des paravents chinois.

Il nous guidait immédiatement dans l'arrière-salle depuis laquelle un escalier s'élevait vers le fameux club où Godard était en train d'agoniser.

Nous entrions dans une pièce peu éclairée, envahie d'une odeur âcre et entêtante, avec des matelas disposés à même le sol sur lesquels quelques types étaient avachis. Il suffisait d'avoir lu un jour « le Lotus Bleu » pour reconnaître là une fumerie d'opium.

Au fond, devant l'entrée des toilettes, il y avait un attroupement de sept ou huit personnes dont une vieille asiatique toute fripée qui hurlait d'une voix stridente : « Opium ! Opium ! Opium ! »

Julien se précipitait vers elle et la prenait dans ses bras : « T'en fais pas ma beauté, ça va aller. Mes amis sont là... »

Je repérais Godard, assis par terre, un bras appuyé sur la cuvette. Il venait à peine de reprendre connaissance et un homme en tenue de jogging lui prenait le pouls.

Il se tournait vers nous : « Vous êtes ses amis ? »

Notre acquiescement l'invitait à continuer : « Rien de grave, rassurez-vous. Il n'a pas l'habitude, voilà tout. Une bonne nuit de sommeil, et tout rentrera dans l'ordre. Touristes ? »

J'hésitais puis glissais un tout petit « oui ».

Le bonhomme s'en contentait : « Moi, je suis interne au Guam Memorial Hospital, vous avez eu de la chance, tous les dimanches, je viens courir par ici. »

Après avoir remercié tout ce petit monde, nous avions pris congé embarquant un Godard puant, encore moitié groggy et un Julien fleur bleue : « Les gars, j'crois qu'c'est la femme de ma vie... »

Je ne pouvais me retenir de lui demander : « Dis donc Julien, elle a quel âge ta dulcinée ? »

Il ne semblait pas du tout embarrassé par la question : « Oh ! La belle cinquantaine... Tu sais les Asiatiques, on leur donne pas d'âge... »

Je ne pouvais m'empêcher d'éclater de rire, et comme Julien aussi, toute la petite équipée se mettait à pouffer, même Godard encore convalescent.

Notre arrivée à la base était moins triomphante. Madame de Reech nous attendait devant le baraquement avec le regard des mauvais jours. Bien entendu, elle avait envoyé des types pour nous suivre et elle était déjà au parfum de nos dernières aventures : « Messieurs, j'espère que vous avez bien profité de votre sortie, car c'est la première et la dernière… Monsieur Godard, vous me décevez énormément, vous fumez de l'opium à présent ? »

Le misérable Edgar essayait de se justifier comme il le pouvait : « Je ne savais pas, madame, je vous jure. J'avais fumé la chicha lors du voyage organisé à Djerba qu'on avait fait avec le comité d'entreprise. Je croyais que c'était la même chose… »

A ce moment-là, Julien, pensant rendre service, se penchait vers lui pour lui chuchoter à l'oreille quelques judicieux conseils. Malheureusement, la discrétion n'étant pas le fort de notre ami, toute l'assistance avait pu entendre de façon parfaitement distincte : « Edgar, gaffe, surtout, te retourne pas, je crois que tu t'es chié au froc. Manquerait plus qu'elle voit ça… »

***

Après l'incident du salon de massage, tout le monde essayait de se tenir à carreau en se réfugiant dans le travail. Les constatations réalisées lors des allers-retours en hélico avaient révélé de grosses instabilités au-dessus de la fosse et pour plus de sécurité, il avait été convenu que nous jetterions l'ancre à deux kilomètres au sud de la partie à explorer.

Nous avions enchaîné sur les préparatifs de l'expédition à bord du Gardenia pour finalement prendre la mer le lundi 22 juin à l'aube. En plus du professeur Lagoutte et du capitaine, nous faisions tous partie de l'équipage.

Seule Isabelle était restée à la base, prête à intervenir avec un hélicoptère en cas d'avarie ou de naufrage du Gardenia.

La croisière n'avait pas été des plus reposantes car il ne s'arrêtait jamais de pleuvoir. Le capitaine avait du même dévier sa route pour éviter un petit typhon et nous nous posions la question de savoir si le mauvais temps ne nous empêcherait pas de mener à bien cette expédition.

Le professeur Lagoutte se voulait rassurant en expliquant qu'une fois sous l'eau, le temps qu'il faisait dehors n'avait plus d'importance.

Le 24 juin en fin de journée, nous arrivions sur notre zone de mouillage. La météo prévoyait une amélioration dans les prochaines vingt-quatre heures, nous préférions attendre avant de commencer les plongées.

Le samedi 26 juin, le Neptopus faisait enfin sa première plongée. Comme convenu, Rolando et le professeur Lagoutte étaient aux commandes. Mitch et moi avions le privilège d'être les premiers passagers du submersible.

Nous étions descendus jusqu'à presque dix mille mètres, mais étions contraints d'interrompre notre progression, le courant devenant de plus en plus fort. Nous avions ressenti distinctement comme une aspiration, mais fort heureusement, les moteurs du sous-marin avaient été suffisamment puissants pour nous sortir de là. Et, finalement, nous étions remontés sans le moindre indice sur l'origine de ce mystérieux courant.

J'avais toutefois pu profiter de la pureté et de l'immense quiétude des grands fonds et apercevoir au loin l'extraordinaire chaîne de montagnes sous-marine.

Le temps de cette plongée, j'avais eu le sentiment étrange d'être dans un autre univers, une autre dimension, et, impossible de savoir pourquoi, c'était une sensation désagréable, oppressante, comme si une voix m'avait dit que je ne devais pas être là.

Le professeur Lagoutte tirait les enseignements de cette première plongée.

Selon lui, nous devions rapprocher le chalutier de la zone à étudier, de manière à relier le submersible et le navire par un filin d'acier. Ainsi, si le Neptopus se retrouvait au point de ne plus pouvoir résister à cette aspiration, nous aurions la possibilité que le Gardenia lance toute la puissance de ses moteurs pour le sortir de là. C'était l'unique solution pour que les explorations puissent continuer plus loin.

Même si nous étions tous conscients des risques, la proposition du professeur était adoptée à l'unanimité, et, le soir même, le capitaine Woodbridge mettait le cap deux kilomètres plus au nord.

Fabricio Pennini

Dimanche 27 juin 2049 - 8h30
Océan Pacifique
Quelque part au-dessus de la fosse des Marianne

Je n'avais pas très bien dormi. A neuf dans un chalutier, le confort restait rudimentaire mais ce n'était pas la cause de mes insomnies. Ce qui me préoccupait, c'était la plongée prévue pour ce matin.

Nous avions approché tout près de la zone et nous étions pris dans de gros creux, ceux-là mêmes qui avaient été relevés par les reconnaissances en hélico. Nous tanguions relativement fort et je craignais que le sous-marin ne puisse sortir du sas sans se heurter au navire. La partie allait être très serrée.

Le Gardenia remuait si fort que nous déplorions deux malades : Julien et Cécilia.

Nous avions pourtant tous le pied marin, en tout cas, l'habitude de naviguer. Je mesurais ainsi les conditions extrêmes auxquelles nous étions confrontés. J'éprouvais la sensation désagréable de ne rien maîtriser, un peu comme si nous étions des alpinistes amateurs, peu préparés, en train de s'attaquer à l'ascension de l'Himalaya.

Et soudain, j'étais pris d'un doute. Avions-nous l'étoffe ? Je regrettais d'avoir entraîné mes camarades dans cette galère. Si je n'avais pas eu l'idée de ce mensonge égoïste, Madame de Reech aurait sûrement choisi des gens plus aguerris pour effectuer cette exploration. Je commençais à m'en vouloir terriblement et ce n'était qu'un début.

Ce jour-là, il était convenu que ce soit le binôme Trevor-Julien qui s'installe dans le sous-marin. Finalement, en dernière minute, le professeur Lagoutte choisissait Godard pour remplacer Julien qui continuait de se vider de ses tripes.

Le professeur nous délivrait les dernières consignes : « Messieurs, je vous rappelle vos rôles respectifs : ainsi, à bord du Neptopus : Rolando et moi aux commandes, Trevor et Edgar aux relevés. Sur le navire, Lucien, vous vous occupez du moteur qui gère le filin d'acier, Mitch, vous êtes à la radio et Captain Gordon, vous restez à la barre. Quant à Julien et Cécilia, dans leur état, ils ne sauront pas faire grand-chose, il est préférable qu'ils se reposent. Mitch, nous vous enverrons un signal radio toutes les cinq minutes. Si vous ne le recevez pas, vous n'attendez pas. Immédiatement, vous donnez l'ordre à Lucien de rembobiner le treuil. Et si vous sentez que le câble ne parvient pas à faire remonter correctement le submersible, c'est au tour du Captain de jouer en actionnant les machines et en déplaçant le navire direction plein sud, afin de nous éloigner de la zone d'attraction. Je vous propose de manger quelques sandwiches et d'attaquer à 10h30... »

Le professeur avait parlé, tel le Christ à ses apôtres. Je caressais l'espoir que cette version revisitée de « la

Cène » rencontre une issue moins tragique que l'originale.

Nous nous restaurions et chacun prenait son poste. Les quatre allaient s'installer à bord du Neptopus, Mitch le capitaine et moi, occupions la salle de commande, chacun à notre poste.

Je disposais d'un écran de contrôle me donnant des informations comme la tension du filin ou la profondeur, une manette permettant de débrayer le câble, ainsi qu'un levier à plusieurs positions pour enclencher le moteur dans un sens ou dans l'autre.

Nous recevions un premier message radio du professeur pour signaler qu'ils étaient tous les quatre installés et parés à bord submersible. C'était le feu vert pour la première manœuvre qui revenait au capitaine : depuis son poste, il actionnait l'entrée des eaux dans le sas puis son ouverture.

Ensuite, je devais débrayer le câble pour qu'il se déroule librement lors de la descente du Neptopus.

Nous avions dans la salle de commande un écran nous permettant de visionner la sortie du sas.

Malgré l'agitation de l'océan, Rolando, avec ses talents de pilotage, parvenait à faire sortir l'engin sans toucher les bords du navire et nous voyions le sous-marin descendre et disparaître peu à peu de notre écran. A partir de cet instant, nous n'avions plus que le contact radio.

Au bout de cinq minutes, la voix du professeur annonçait : « Neptopus à Gardenia. Point de contrôle numéro un. Nous sommes à moins mille trente-six mètres. R.A.S. Terminé. »

Tout se passait normalement. À cinquante minutes du début de la plongée, le professeur passait le dixième appel radio : « Neptopus à Gardenia. Point de contrôle numéro dix. Nous sommes à moins dix mille vingt-huit mètres. R.A.S. Terminé. »

Nous avions enfin dépassé la zone critique des dix mille mètres, c'était maintenant qu'il fallait être vigilants.

Nous scrutions l'heure guettant avec impatience l'écoulement des cinq prochaines minutes. Encore deux à attendre... puis une... plus que trente secondes... dix... neuf... huit... sept... six... cinq... quatre... trois... deux... un...................

Silence radio, il fallait réagir.

Mitch tentait d'établir le contact radio : « Gardenia à Neptopus, répondez ! Gardenia à Neptopus ! ».

Pas de réponse, le capitaine ordonnait : « N'insistez pas sur la radio, Mitch. Vous connaissez la consigne. En cas de silence, il faut intervenir... C'est à vous Lucien ! »

J'étais fébrile, c'était à moi de jouer. Je m'encourageais : « Allez Lucien, ce n'est pas le moment de flancher... »

J'embrayais le câble et actionnais le moteur en position enroulement, dirigeant progressivement le levier vers la vitesse maximale.

Mon écran affichait onze mille deux cent trente-deux mètres, onze mille deux cents trente-trois, onze mille deux cents trente-quatre...

Rien à faire, cela descendait encore malgré le moteur de l'enrouleur de câble.

Mitch avait bien vu le problème : « Captain ! Mettez les machines à fond ! Hurry up ! J'envoie un S.O.S. à la base ! »

Le capitaine Gordon ne se faisait pas prier, les moteurs se mettaient à vrombir, mais nous n'avancions pas.

Sous l'effet de la traction, le nez du navire pointait vers le ciel, le pont était presque à quarante-cinq degrés.

Cécilia et Julien avaient quitté leurs cabines, alertés par les mouvements inhabituels du bateau. Quand ils pénétraient dans la salle de commande, Julien nous signalait : « Vous avez vu l'arrière, les gars ? »

Je me retournais… Catastrophe ! Le pont arrière était immergé ! Nous commencions à nous enfoncer à notre tour. Le Neptopus nous entraînait dans son naufrage.

Que devions-nous faire ? Le capitaine suggérait de décrocher le filin mais cela voulait dire condamner nos amis. Nous n'étions pas d'accord.

Et le bâtiment continuait de s'enfoncer désormais pratiquement à la verticale.

Le capitaine Woodbridge nous ordonnait d'attacher les harnais de sécurité de nos sièges.

Au bout d'au moins trente minutes de combat acharné, le capitaine tranchait : « Plus le choix, il faut lâcher le câble. Lucien, débrayez le câble, s'il vous plaît… »

Je n'entendais plus, j'étais dans un état second, comme si je n'étais pas là…

Mais avec son expérience de bourlingueur des mers Gordon savait comment faire réagir ses matelots : « Lucien ! En tant que seul maître à bord de ce navire, je vous donne l'ordre de débrayer ce putain de câble ! Obéissez ! Bordel ! Ils sont perdus ! »

Sa voix de baryton m'avait réveillé. Je me retrouvais seul face à cette manette qui tenait la vie de quatre hommes. Le temps semblait s'arrêter, je n'entendais plus qu'un sifflement d'acouphène couvrant les cris du capitaine et le chaos de l'océan démonté.

Je pensais à Louisa, Doris, Maman, Papa. Si je voulais les revoir, je n'avais pas d'autre choix.

Je venais de prendre une des plus graves décisions de ma vie. Quelque chose que j'aurais sur la conscience pour toujours…

De ma main tremblante, je commençais à tirer doucement le levier. Quand il parvenait à la butée, le bateau se redressait, net, d'un coup, la proue replongeait vers la ligne de flottaison… C'était terminé.

J'étais comme groggy, la main encore crispée sur le levier.

Le capitaine Gordon mettait les moteurs à plein régime pour sortir de la zone tout en donnant un dernier ordre : « Mitch, actionnez les moteurs des pompes, on doit avoir du bouillon plein les cales… »

Effectivement, une fois, les gros creux franchis, sur la mer plus calme, nous ne pouvions que constater les dégâts. Le chalutier penchait assez largement à bâbord, alourdi par les mètres cube d'eau qui avait inondé une partie de la coque.

Il était impossible d'envisager le retour avec le navire dans un tel état.

Environ une heure après, nous entendions retentir les rotors de l'appareil d'Isabelle.

Quelques minutes plus tard, nous commencions les opérations d'évacuation par hélitreuillage, la position penchée du navire rendant impossible un atterrissage sur la plateforme prévue à cet effet.

Chacun notre tour, nous nous retrouvions suspendus comme des jambons, ballottés par le vent jusqu'à enfin pouvoir grimper à bord de l'engin volant.

Seul le capitaine Gordon restait sur le Gardenia pour y attendre la vedette des secouristes.

Vendredi 30 juillet 2049 - 11h45
St Luke Church Wallsend, Newcastle - Angleterre

C'était une célébration en l'absence de corps, du coup, la cérémonie avait été beaucoup plus sobre que celui à qui elle était consacrée. Nous venions de dire au revoir à Trevor.

Il ne lui restait que très peu de famille, seuls sa sœur aînée et un ami d'enfance étaient présents.

Nous, nous étions au complet. Du moins, les survivants étaient là, Julien, Mitch, Cécilia, Isabelle, le capitaine Gordon, Madame de Reech, Mister Warren et moi.

C'était la première fois que nous étions réunis depuis la tragédie. Et là, sous la pluie britannique, devant cette triste église de briques rouges, nous nous prenions dans les bras.

Mitch était abattu, Julien pleurait avec des larmes d'enfant et moi, j'essayais de retenir les miennes.

Les autres tentaient de faire bonne figure, mais leurs visages, dissimulés derrière d'épaisses lunettes noires, étaient marqués par le chagrin.

Les recherches avaient été abandonnées dix jours plus tôt et rien n'avait été retrouvé, ni corps, ni débris. Nos amis avaient été littéralement aspirés quelque part au fond de la fosse des Marianne sans que l'on ne sache ni pourquoi, ni comment.

Notre mission de scientifiques s'arrêtait là, le dossier était désormais entre les mains de l'armée.

En effet, la force qui avait englouti le Neptopus, et qui avait failli entraîner le Gardenia, avait été déclarée surnaturelle et des experts militaires étaient en train d'en évaluer la puissance. Il était désormais hors de question d'y envoyer tout autre appareil sans avoir étudié le phénomène plus en détail.

Au moment de nous quitter, Madame de Reech proposait de raccompagner tout le monde à l'aéroport dans son véhicule personnel.

En fait, le but était d'organiser une petite réunion à l'abri des oreilles indiscrètes.

À peine étions-nous entrés dans le van grand luxe de couleur gris anthracite conduit par Isabelle, qu'elle commençait à nous parler : « Je voulais profiter que nous sommes tous réunis aujourd'hui pour insister auprès de vous sur quelque chose de primordial : même si notre collaboration est terminée, nous vous demandons de garder un silence total sur cette affaire... Et cela, quoi qu'il advienne, j'insiste... Même si un jour, de nouveaux éléments venaient à être connus du grand public, je vous demande de ne jamais révéler à qui que ce soit ce que vous savez... Cela pourrait avoir des conséquences désastreuses pour nous, comme pour vous... J'espère que c'est bien clair ? »

Ça, pour être clair, c'était limpide, à peine menaçant...
Nous nous sentions apaisés...

Non, mais... Elle rigolait la mère de Reech ? J'étais
outré.

Dans cette histoire, nous avions perdu des proches : Marwani, Trevor, le professeur Lagoutte, Godard... Oui, même Godard ne méritait pas un tel sort. Et avec ce que nous avions enduré, les funérailles de notre ami à peine achevées, madame trouvait le moyen de nous sermonner, nous menaçant façon jugement dernier. En fait, elle n'était pas du tout venue pour Trevor, son seul but était de nous faire signer oralement sa putain de charte de confidentialité.

Mes voix intérieures se réveillaient, elles allaient hurler.

Était-ce une chance ou bien le privilège du lâche, mais depuis toujours, je développais ce don, celui de pouvoir laisser éclater ma colère en silence. Cela m'avait très souvent rendu service, m'évitant ainsi de perdre tout contrôle, de passer à l'acte, avec les conséquences que cela pouvait engendrer. Grâce à cela, j'avais toujours pu faire bonne figure et passer pour quelqu'un de courtois. En même temps, j'éprouvais parfois cette frustration de ne pas avoir le cran de recadrer, de signaler à autrui que les limites étaient franchies. Malgré tout, de temps en temps, si la situation venait à trop s'envenimer, il pouvait m'arriver de laisser éclater ces voix aux oreilles de tous, comme par exemple lorsque le brigadier Pilchard du haut de sa rarissime crétinerie, m'avait accusé du meurtre de Marwani.

Pendant qu'en silence, je m'amusais à traiter Madame de Reech de vieille peau et d'autres noms sordides d'oiseaux rares, ses pupilles d'acier me lançaient des dagues acérées et je me surprenais à douter. Serait-elle capable de lire dans mes pensées ? Elle ne tardait pas à me donner des éléments de réponse : « Lucien, un peu de respect, tout de même, je vous prie ! N'oubliez pas que je pourrais presque être votre mère ! »

En quelques mots, et toujours avec grande classe, elle balayait tous mes sentiments d'exaspération et ma colère s'évaporait. Je ne pouvais que capituler et je mesurais finalement la profonde admiration et la sincère affection que j'éprouvais à son égard.

Nous promettions obséquieusement de garder le silence, puis le minibus atteignait l'aéroport. Le moment des adieux était venu. C'était la dernière fois que je voyais Madame de Reech…

Fabricio Pennini

Dimanche 12 septembre 2049- 6h00 - île Madame

L'alarme de mon téléphone me faisait ouvrir un œil.
Puis, je me rappelais. Ce n'était pas la sonnerie, mais
le réveil. Il fallait se lever.

À côté de moi, Mitch ne bougeait pas d'un poil.
Visiblement, le bruit n'avait aucun effet sur lui.

Je décidais de le secouer un peu : « Hey ! Get up !
Mister Brown ! C'est l'heure des braves ! »

Mon ami avait du mal à émerger. Il se frottait les yeux
comme un enfant resté éveillé tard le soir. Quand il
avait à peu près retrouvé ses esprits, il me
questionnait d'une voix vaseuse : « Hi my friend...
Alors ça y est ? C'est le *D-day* ? »

J'acquiesçais : « Yes ! Mon pote ! Aujourd'hui tu vas
devenir un véritable busard charentais ! Allez viens,
les autres doivent nous attendre avec le café... »

Les autres, c'était mon père et Julien qui avaient
dormi dans la tente voisine.

Car cette nuit-là, nous avions campé sur l'île comme
tous les ans à l'époque des gros coefficients. Le temps
des grandes marées était venu, et nous nous
apprêtions à taquiner palourdes, coques, crabes,

couteaux et crevettes pendant une bonne partie de la journée.

La veille, nous avions attendu la basse mer pour franchir « la passe aux bœufs » sur les coups de minuit et installer nos tentes en contrebas des rochers, à l'abri du vent.

La marée haute était prévue pour six heures trente et elle devait se retirer jusqu'aux environs de midi. Nous allions suivre sa descente, ramassant les fruits de mer qu'elle ferait apparaître tout au long de sa fuite vers le large.

Ensuite, aux alentours de midi, ma mère, Louisa et Doris devaient nous rejoindre avec un pique-nique que le fruit de notre pêche viendrait compléter.

Je sortais la tête de la tente, il faisait une de ces nuits claires de fin d'été que j'aimais tant.

Mon père et Julien étaient levés, déjà confortablement installés dans des sièges de camping pliants, autour du réchaud dont la flamme bleutée caressait doucement la vieille cafetière italienne de papa.

Julien m'apercevait en premier : « Salut Lucien. J'te prépare une tartine de rillettes avec ton verre de rouge ? »

Tout en m'extirpant de la canadienne, je lui répondais : « C'est gentil, mais je vais commencer par un café, si tu n'y vois pas d'inconvénient. »

J'embrassais mon paternel. Il me prenait dans ses bras : « Viens me faire un câlin, putain d'zob ! Alors ! tu es content de faire une nouvelle pêche aux cailloux avec ton papou ? »

Je restais silencieux, mais le sourire que je lui faisais valait toutes les réponses.

Évidemment que j'étais aux anges. Après les épreuves que nous avions traversées, quel pur bonheur de vivre à nouveau de tels instants.

En plus, mon ami Mitch était spécialement revenu de San Diego pour l'occasion. Nous lui en avions tellement parlé de ces fameuses grandes marées qu'il s'était juré de venir faire les suivantes. Et il avait tenu promesse. C'était aussi le moyen de reconstituer notre fine équipe et de rendre, à notre façon, un hommage à Trevor.

Mitch sortait à son tour de la tente et venait occuper le quatrième siège pliant. Nous prenions un déjeuner copieux. Nous allions dépenser notre énergie à crapahuter dans la vase et les rochers une bonne partie de la matinée, il fallait prendre des forces.

Julien était radieux. Il s'activait à nous couper des tranches de jambon, de saucisson, nous faire des tartines de rillettes, nous servir goulûment de vin rouge, une vraie nounou.

Le jour commençait à se lever, il était bientôt temps d'y aller, quand Julien nous proposait : « Finissez vos sandwiches, tranquilles, les gars. Moi, j'vais pisser sur la plage, j'en profiterai en même temps pour voir si elle est haute. Ça devrait plus tarder à être la pleine mer… »

Je ne pouvais m'empêcher de le chambrer : « T'en as pas marre d'aller pisser sur la plage ? Qu'est-ce qu'ils t'ont fait les habitants de l'île pour que tu leur imposes le triste spectacle de ta vieille trompe toute flétrie en train d'arroser le sable de son jet malodorant ? »

Insensible à la fantaisie enchanteresse et miraculeuse qui émanait de ma poésie, Julien se défendait : « J'aime pisser face à la mer… C'est mon truc… On a tous nos trucs… Moi, c'est d'pisser face à la mer… J'aime bien ça… Je sens le vent sur mes couilles, c'est hyper agréable, j'te jure. Tu d'vrais essayer… Non, vraiment, pisser face à la mer, y a rien d'mieux… C'est mon truc, tu vois… C'est ma façon de communier avec la natu… »

Aïe. Julien venait de mettre en route son moulin à paroles. Il fallait immédiatement l'interrompre, le sort de la belle journée qui s'annonçait était en jeu.

En bon soldat, je lançais l'alerte : « STOP… Julien… STOP…Bon, ben, au lieu d'en parler, vas-y, communier avec la nature, parce que si t'attends trop, tu vas finir par nous communier sur les pompes… Allez, file !»

Mes mots avaient été entendus. Julien s'exécutait avec l'empressement d'un enfant obéissant. Il s'éloignait en petites foulées, gravissait le monticule de roches qui nous séparait de la plage, puis disparaissait pour aller commettre son œuvre d'art prostatique sous l'œil sévère de l'île d'Oléron qui nous faisait face.

Nous avions à peine eu le temps de passer à autre chose qu'il était déjà de retour. Depuis les rochers, sa silhouette débraillée nous faisait signe, agitant ses bras tel un naufragé, sautant sur place et hurlant à tous les vents : « Les gars ! Hey ! Les gars ! V'nez ! »

Julien avait l'air complètement paniqué, cela semblait sérieux.

À notre tour, nous galopions puis escaladions les rochers pour rejoindre notre ami.

L'émotion avait pris le contrôle de Julien et il ne parvenait plus à s'exprimer : « La mer, les gars ! La mer… Elle est… pfouh… Pas normal ça… La mer… »

A ce stade, nous ne savions pas si notre ami tentait là une interprétation très libre du tube de feu Charles

Trenet ou si le litron de piquette qu'il avait englouti au petit déjeuner commençait à faire son effet.

Comme nous ne comprenions rien, mon père essayait d'en savoir un peu plus : « Mais putain d'zob, qu'est-ce qu'elle a, la mer, mon Juju ? Tiens, mon bonhomme, bois un coup de rouquin, ça va te remettre les mots à l'endroit. »

Joignant le geste à la parole, il lui tendait la bouteille qu'il avait gardée à la main lorsque nous nous étions précipités.

Julien ne se faisait pas prier. D'un mouvement vif et maîtrisé, il approchait le goulot de ses lèvres gercées, et, en une seule lampée, s'enquillait un demi-litre de nectar.

La potion magique lui donnant la force de se reprendre, notre cher camarade pouvait à nouveau s'exprimer : « Ahrr ! Ça fait du bien ! Merci, m'sieur Vainqueur ! Vous êtes chic… Les gars, c'est pas croyable. C'est déjà marée basse, regardez… »

Intrigués, nous nous tournions vers le large. Julien avait raison.

À l'heure où nous aurions dû avoir la pleine mer, l'océan s'était complètement retiré. J'essayais de scruter au plus loin que mes yeux le permettaient. Jusqu'à l'île d'Oléron, tout n'était qu'une immense étendue de vase et de roches, dans des teintes alternant le gris maussade avec le brun déprimant, et, le vert vif qui venait colorer les quelques étendues d'algues ne parvenait pas à égayer ce funeste tableau.

Plus bas sur la plage, d'autres pêcheurs à pied fixaient l'horizon en se frottant le crâne d'un air ahuri.

Mitch, moins habitué que nous aux marées de la région, semblait le moins surpris. Il se risquait à une hypothèse : « Don't worry ! Boys ! On s'est peut-être trompé d'heure ? »

Mon père le renvoyait tout de suite à la réalité : « Non, mon p'tit pote ! Regarde, tous ces piments sur la plage qui ont l'air de s'être trouvé trois couilles en les grattant ce matin. Tu crois qu'ils ont regardé l'heure sur la même tocante que nous, putain d'zob ? »

Mitch n'avait pas le temps d'acquiescer, qu'au même instant, le bruit assourdissant d'un hélicoptère retentissait au-dessus de nos têtes. Et, en moins d'un quart d'heure, toute la baie devenait le théâtre d'un ballet d'engins volants qui allaient et venaient pour ne pas manquer une miette du drame qui se jouait sous nos yeux.

Je craignais de comprendre ce qui se passait, je prenais Mitch en aparté : « Mitch, tu ne crois pas que tout ça, ça vient des Mariannes ? »

Mitch s'efforçait de rester optimiste : « You think that ? Lucien ? C'est à des miles d'ici. C'est peut-être un phénomène du dérèglement climatique… Et la marée va remont…»

Je me sentais obligé de le couper pour le renvoyer à la réalité scientifique : « Enfin, Mitch ! Le dérèglement climatique n'a aucun lien avec l'attraction de la lune… Par contre, tu étais avec moi à Guam, tu as vu la force de ce truc, bordel ! »

Mitch était obligé de le reconnaître : « Tu as raison, my friend. We must be sure ! Il faudrait un hélico pour aller voir jusqu'où a reculé la mer… »

Dimanche 12 septembre 2049- 8h25
Poste de Secours, Plage des Anses
Port-des-Barques

Nous avions déposé papa pour qu'il prévienne les femmes et nous venions de nous garer devant chez Nick.

Nick était le seul maître-nageur-sauveteur de la commune. Il devait être à peine plus âgé que moi et avait connu son heure de gloire quelques années plus tôt, quand il exhibait ses pectoraux cuivrés sur les dangereuses plages des Landes, faisant un carnage parmi les estivantes.

Mais, après une sale histoire de touriste qu'il avait mise enceinte à cause d'un bouche-à-bouche qui avait dégénéré, il était venu se faire oublier dans la région.

Le pauvre avait vite déprimé, voyant que peu de monde se risquait à la baignade dans les eaux boueuses et sablonneuses de l'estuaire.

Mais, Nick était un battant, il avait vite su rebondir.

Pour compléter son maigre salaire, il était devenu le coach sportif de la femme du maire. Très rapidement, il l'avait tellement bien fait progresser dans les activités physiques horizontales, que pour le remercier, la dame épanouie, avait supplié son notable de mari de donner un coup d'accélérateur à la carrière de son apollon des bacs à sable.

Et Nick avait pu profiter d'une conjoncture exceptionnelle : le département avait décidé de doter d'un héliport et de son hélicoptère, le poste de secours de quelques communes côtières, et la ville de Port-des-Barques avait été choisie.

Le maire avait utilisé toutes ses relations pour obtenir à Nick le poste clé de ce projet. Il lui avait financé un brevet de pilote au frais du contribuable, et Nick s'était retrouvé maître-nageur-sauveteur-pilote avec en prime un logement de fonction avec vue sur la mer et sur le cul de la mairesse.

Nous avions fait sa connaissance dans le cadre du travail, car, vu le calme de l'endroit, son hélico était trop peu utilisé et un accord avait été passé avec le labo pour que Nick nous emmène de temps en temps dans les airs afin d'y réaliser quelques observations météorologiques.

Son personnage de vieux beau m'avait très vite attendri, et il était devenu un très bon copain.

Quand l'idée nous avait pris d'aller voir jusqu'où la mer pouvait s'être retirée, nous avions tout de suite pensé à l'hélico de Nick, et, à peine un quart d'heure plus tard, nous étions en train de frapper à sa porte.

Connaissant le bougre, un dimanche matin aux alentours de huit heures, il était forcément encore couché, et certainement depuis peu de temps.

Comme il ne répondait pas, je tentais d'ouvrir. Ce n'était pas verrouillé et nous pouvions pénétrer dans la pièce principale. Au même instant, finalement alerté par les coups frappés sur la porte d'entrée, Nick sortait de sa chambre, nu comme un ver.

Je remarquais que ses cheveux frisés commençaient à grisonner, ce qui renforçait son côté playboy d'une autre époque.

Il semblait à peine étonné de nous trouver là : « Salut les gars… Ça va… Déconnez pas, y a ma fiancée dans la piaule… »

J'en venais directement aux faits : « Nick, mon pote, dans la nuit, il s'est passé un truc de certainement très grave… Et là, on a besoin de ton hélico. Alors enfile un slip, et je t'explique tout en route, il n'y a pas une seconde à perdre… »

Grâce à son expérience de sauveteur, Nick avait la capacité de savoir gérer l'urgence avec calme et efficacité. D'autres auraient posé mille questions avant d'agir, ce n'était pas le genre de Nick. Il fonçait dans sa chambre pour en revenir immédiatement avec des vêtements à la main qu'il enfilait devant nous, un short en jean, un t-shirt vantant les mérites de la boisson Malibu et une paire de tennis dégueulasses.

Nous ne mettions pas longtemps à nous retrouver en l'air. J'avais expliqué la situation à Nick et nous foncions plein ouest.

Nous nous éloignions peu à peu de la côte sans trouver le moindre mètre cube d'eau jusqu'à et au-delà de l'île d'Oléron.

Devant nous, s'étalait sur des centaines d'hectares, une gigantesque marée basse dont il nous était impossible d'évaluer les limites, et cela, malgré l'altitude prise par notre appareil.

Nous décidions de pousser encore le plus loin possible et à chaque kilomètre nous ne pouvions que constater le désastre : l'océan avait bel et bien disparu.

A peine une heure plus tard, nous atteignions la limite des eaux territoriales. Les fonds marins mis à découvert y étaient très accidentés, et cette alternance de pics rocheux et de vallées lunaires nous offrait un spectacle de fin du monde.

Il était temps de rebrousser chemin, Nick n'avait pas les droits pour piloter au-delà de cette zone.

Dimanche 12 septembre 2049- 13h30
Maison de la famille Vainqueur – Port-des-Barques

Nous étions tous devant la télévision, ma mère, mon père, Louisa, Doris, Mitch, Julien, Nick et moi.

Toutes les chaînes étaient en boucle et nous avions confirmation du phénomène au niveau mondial : tous les océans s'étaient asséchés en moins d'une dizaine d'heures. Seules les mers intérieures, comme la Méditerranée, la mer Caspienne, la mer Noire ou la mer Rouge ne s'étaient pas complètement vidées, mais leur niveau avait considérablement baissé faisant reculer les lignes d'eau à des centaines de kilomètres des côtes.

Sur les plateaux, c'était le défilé des journalistes autoproclamés scientifiques. C'était le concours à l'hypothèse la plus farfelue pour expliquer le phénomène : la pollution, l'évaporation créée par le réchauffement climatique, l'attraction du soleil et de la Lune, les terroristes, les Américains, les Russes, les Chinois, les insectes, les rats, la main de ma sœur, les extra-terrestres, le jugement dernier...

Au discours creux de ces journalistes persuadés de maîtriser un sujet juste en ayant lu deux articles de vulgarisation, venaient s'ajouter les analyses pompeuses des docteurs ou professeurs repentis qui, cédant aux sirènes des médias, préféraient se faire mousser en étalant des banalités à l'antenne plutôt que de mettre leur savoir au service des sciences.

Dans ce moment d'extrême intensité, je mesurais à quel point je ne pouvais plus blairer ces insupportables prétentieux ridicules.

Mon père était du même avis que moi : « Éteins-moi cette télé, putain de zob ! Moi ces spécialistes, ils me sortent par les trous de nez ! C'est comme l'autre con, qui est mort, y a quelques années, là, tu te souviens… le médecin. On le voyait partout, ce con. Il a suffi qu'il sorte deux blagues Carambar dans une émission médicale et badaboum, tous les beaufs se sont mis à l'aimer. Et lui, il s'est senti pousser des ailes, alors il a basculé, il s'est pris pour un artiste et il a plus soigné grand monde. Par contre qu'est-ce qu'on a pu voir sa gueule de con dans les émissions pourries du samedi soir, dans les téléfilms grassement subventionnés par la redevance, dans les pièces de théâtre à deux balles qui enflamment le Tout-Paris. Et quand tu coupais la télé, tu pensais en être débarrassé, et bien, non ! Raté ! Putain d'zob ! Il suffisait d'allumer la radio pour l'entendre te dire que si t'as mal à la tête, il faut prendre du paracétamol ou pire t'abîmer les oreilles avec son single débile produit par le fabricant de merdes musicales du moment… Je te le dis, ce tocard, je suis sûr qu'à force, il savait même plus faire la différence entre un casque audio et son stéthoscope. Putain d'zob !»

Malgré l'angoissante situation, papa avait réussi à nous faire sourire. Je le remerciais d'une tape sur l'épaule assorti d'un regard plein d'affection et de tendresse.

Ce bon moment était interrompu par la sonnerie de mon téléphone. Je décrochais, c'était Peretti, notre nouveau directeur, nous avions obligation de rappliquer tout de suite au labo. Compte tenu de la gravité des évènements, le ministère faisait jouer son droit de réquisition pour circonstances exceptionnelles.

Je raccrochais et expliquais la situation à mes proches. Julien avait le mot de la fin : « Ah. Ça ! Pour un dimanche de merde, c'est un putain de sacré dimanche de merde… »

Dimanche 12 septembre 2049- 14h40
Laboratoire de Météorologie, Châtelaillon-Plage

Antonin Peretti était un drôle de petit bonhomme rondouillard et dégarni approchant la soixantaine.

Il était originaire de Marseille, mais avait fait le plus gros de sa carrière dans le Pas-de-Calais.

La place laissée vacante par la tragique disparition de Marwani avait été pour lui une opportunité de descendre un peu plus près de ce sud qu'il chérissait tant.

Malgré près de trente années d'exil au pays des corons, son accent chantant conservait encore toute son authenticité. Ses mots étaient rythmés par la musique des cigales, évoquant les parfums de romarin, de lavande et de marjolaine.

Toute l'équipe réunie dans la grande salle du labo écoutait religieusement sa douce berceuse pagnolesque : « Bonjour à tous ! Bong ! Déjà... Merci d'être venu... Je crois que tout le monde a compris que c'était la cagade, cong... Ce matin, on s'est tous réveillé avec les yeux bordés d'anchois, couillong... De quoi devenir fada... Et, bien sûr, j'ai été contacté par le ministère dès la première heure, et, peuchère, le ministre doit s'exprimer ce soir au journal télévisé, cong… Et, cette tête d'ail de ministre veut pouvoir donner des explications aux Français. Ben voyong ! Autant tuer un âne à coups de figues… Donc, il a été demandé à tous les laboratoires de météo du pays, de travailler d'arrache-pied, cong… Chaque labo a sa missiong… Nous autres, nous devong éplucher les photos satellite des dernières vingt-quatre heures, cong… Au moing pour voir comment toute cette flotte a pu s'envoler, bonne mère ! Bong, les collègues, j'espère qu'on va se dépéguer de tout ça sans trop s'escagasser… Allez au boulot ! Et si on a le cul comme la porte d'Aix, peut-être qu'on trouvera quelque chose. »

Et nous nous mettions au boulot.

La moitié de l'équipe aurait suffi à réaliser ce travail, mais les circonstances exceptionnelles impliquaient que tous les collègues soient présents.

Nous avions des clichés pris toutes les minutes. Le déplacement des flux marins y était parfaitement visible. Nous décidions de regarder ces images s'enchaîner dans un diaporama accéléré et nous avions la confirmation de nos soupçons : les océans s'étaient retirés jusqu'à la fosse des Mariannes.

Le phénomène surnaturel qui venait d'aspirer les océans était vraisemblablement le même qui, deux mois plus tôt, avait englouti le Neptopus avec nos camarades à bord.

La vue de la Terre désormais amputée de ses étendues marines me terrorisait. La planète bleue n'était plus qu'une sphère terreuse sans vie.

Julien tentait de détendre l'atmosphère : « Ben, les gars ! J'crois qu'c'est râpé pour l'surf… »

C'était comme si cette phrase anodine m'avait ouvert les yeux, et, d'un coup, je mesurais les conséquences de cette catastrophe. En un instant, je réalisais, et des larmes de rage venaient inonder mes joues. Je laissais aller mes émotions, pensant que mes collègues, trop absorbés par ces terribles images, n'allaient pas remarquer mon désarroi, c'était sans compter sur les talents d'observateur de mon nouveau directeur.

Il s'approchait de moi, me posait la main sur l'épaule et à voix basse me glissait : « Allez, Lucieng, soyez courageux, peuchère… »

Nous passions le reste de l'après-midi à contacter les autres laboratoires pour échanger, croiser nos résultats.

Visiblement, les sources d'eau douce n'avaient pas été impactées, les ruisseaux, les rivières, les fleuves continuaient de couler paisiblement.

Nous évoquions sans trop y croire l'hypothèse très optimiste, qu'un jour le débit des fleuves puisse à nouveau combler les fosses océaniques.

Épilogue

Au soir de ce maudit douze septembre, ce n'était finalement pas le ministre, mais le président qui s'était exprimé. Il avait parlé d'un « phénomène inconnu » localisé dans la fosse des Mariannes.

Il avait expliqué que la France avait rejoint une coalition d'aviations des pays les plus puissants de la planète pour survoler la zone et faire les premières constatations.

Mais, la fosse, de part sa profondeur et ses reliefs accidentés, contenait encore une trop grande quantité d'eau pour permettre aux observateurs de relever autre chose qu'un tourbillon d'une puissance inouïe.

Le chef de l'état estimait qu'il était trop risqué et incertain d'y envoyer des submersibles ou des navires, mais promettait de tout mettre en œuvre pour sécuriser l'endroit afin d'y réaliser les analyses qui donneraient rapidement des informations précises sur les causes de la catastrophe.

Le message présidentiel n'avait pas rassuré et dans les premiers jours, nous assistions à des scènes de panique collective avec comme à chaque catastrophe, les comportements immondes de ceux qui ont laissé la morale aux vestiaires.

Les supermarchés étaient le théâtre d'affrontements. Certains, pensant que l'eau allait manquer, se ruaient sur les bouteilles, n'hésitant pas à frapper leurs semblables pour leur arracher quelques bidons. D'autres faisaient des provisions façon « 39-45 », pâtes, riz, huile, farine, conserves.

Les embarcations échouées, devenues plus facilement accessibles, étaient victimes de pillages : il fallait voir les images du port de Saint-Tropez avec les prestigieux yachts complètement désossés.

C'était aussi l'ouverture de la chasse aux animaux marins qui rapportent de l'argent. Il fallait vite les récupérer là où ils s'étaient échoués avant qu'ils ne pourrissent sous les coups de bec des mouettes ou des goélands. Des baleines, des phoques, des orques hélitreuillés et parfois débités en plusieurs morceaux quand le poids des animaux ne permettait plus aux engins volants de les soulever.

Au bout de quelques semaines, les forces de l'ordre finissaient par mettre un terme aux incivilités sauvages, cependant d'autres larcins plus discrets, mais au combien plus dévastateurs, venaient s'installer plus durablement. Les délinquants en cols blancs entraient en scène et allaient tirer le meilleur parti de la situation.

La spéculation immobilière allait bon train, une féroce bataille s'engageait pour l'acquisition des terres mises à nus par la catastrophe, les états ne parvenant pas à les préempter à cause de lacunes dans les textes officiels au sujet de la définition des eaux territoriales et internationales.

Les poids lourds de la finance avaient recruté les plus grands juristes, et ils avaient gagné, les gouvernements n'avaient pu que s'incliner.

En moins de deux ans, la majorité des terres anciennement couvertes par les océans étaient devenues la propriété de très grands groupes.

Leur premier objectif était le contrôle tarifé du passage dans ces zones, et, les entreprises de travaux publics travaillaient désormais jour et nuit à l'aménagement de routes sur ces terrains dévastés.

Le chantier de l'autoroute Paris/New-York alimentait toutes les conversations, mais la colonisation sauvage ne s'arrêtait pas là.

Autour des quelques fosses suffisamment profondes pour contenir encore de l'eau, on construisait de nouvelles stations balnéaires, où d'immenses hôtels buildings s'agglutinaient autour des plages artificielles.

Un parc d'attractions avait même fini par sortir de terre à l'endroit même où l'épave du Titanic avait émergé. Les gens réservaient des dizaines de mois à l'avance, payaient des sommes exorbitantes pour apercevoir les restes décharnés du mythique navire.

C'était aussi l'occasion de multiples forages à la recherche de gisements encore jamais exploités, lithium, or, cuivre, platine, uranium, pétrole, zinc, gaz, cobalt…

Le fond des océans se transformait peu à peu en un gigantesque chantier industriel mettant à mal un environnement déjà bien fragilisé par la disparition de milliers d'espèces animales comme végétales.

Les climatologues les plus alarmistes n'auraient jamais pu prévoir un tel chaos écologique.

Cette redistribution des cartes donnait désormais aux migrants qui fuyaient les zones de guerre la possibilité de rallier à pied nos côtes occidentales. Et, même s'il fallait franchir des terrains très accidentés et marécageux, la tâche était toujours moins ardue que par voie navigable sur une coquille de noix.

Mais, les actionnaires des holdings qui avaient acquis ces biens n'étaient pas du genre à laisser des miséreux traverser leurs terres.

Pour mettre un terme définitif à ces exodes pédestres, des barbouzes sans scrupule avaient été enrôlés. Ainsi, de nombreuses milices patrouillaient à bords de puissants hovercrafts, faisant une chasse sans pitié aux pauvres réfugiés, n'hésitant pas à tirer à vue.

Des O.N.G. alertaient régulièrement sur ces exécutions qui faisaient chaque jour des dizaines de morts. Tout cela sous les yeux indifférents de la communauté internationale, qui préférait mettre en doute l'existence réelle de ces massacres plutôt que d'avoir à gérer les problèmes d'immigration sur ses propres territoires.

Quant à la fosse des Mariannes, au fil des années, elle était devenue la zone interdite.

Les gouvernements s'étaient entendus pour donner une vague explication qui faisait bien rire la communauté scientifique : « La catastrophe a été provoquée par une explosion nucléaire « naturelle ». Un gisement démesuré d'uranium en est à l'origine. Suite à une série de processus géologiques aléatoires qui ont mené à un enrichissement de l'uranium, des réacteurs atomiques naturels se sont formés, ils sont restés stables pendant des centaines de milliers d'années avant qu'un séisme vienne y occasionner des dégâts assez importants pour libérer une réaction en chaîne. La puissance de l'explosion a été telle qu'elle a aspiré l'eau des océans avant de la recracher dans un nuage de vapeur. Mais nos citoyens peuvent être rassurés, la situation est désormais maîtrisée, même si la zone des Mariannes reste fortement radioactive… »

Bref, sans trop se poser de questions, nos dirigeants nous servaient une foutaise que n'auraient même pas pu imaginer les scénaristes de Marvel.

Bien évidemment, un périmètre de sécurité avait été installé et il était strictement défendu de se rendre sur place ou de survoler l'endroit qui était désormais mieux gardé que la Zone 51 et Fort Knox réunis.

La population avait fini par avaler la couleuvre malgré le soulèvement des voix d'éminents scientifiques, d'autres spécialistes achetés par le pouvoir s'efforçant de les faire passer pour de vieux sinoques.

La catastrophe avait aussi eu des conséquences économiques.

Les zones côtières étaient lourdement sinistrées, la pêche, la marine marchande, mais aussi le tourisme étaient touchés en plein cœur, faisant des milliers de chômeurs.

Cependant, peu à peu, le transport de marchandises depuis les pays d'Asie devenant beaucoup plus coûteux, les industriels se retrouvaient contraints de rapprocher les lieux de production des pôles de consommation.

Ainsi, de nombreuses nouvelles usines s'étaient implantées dans les pays occidentaux, créant de l'emploi et de la richesse.

L'économie de la Chine n'y résistait pas et finissait par s'écrouler progressivement, mais sûrement, jusqu'à devenir un pays très pauvre, où misère, famine, maladies et épidémies régnaient désormais en maîtresses absolues.

De leurs côtés, les groupes qui avaient fait l'acquisition des terres océaniques prospéraient de façon exponentielle.

Les réseaux routiers étaient de plus en plus développés, des villes entières se construisaient à proximité des gisements les plus rentables et la plupart des grandes fortunes venaient s'installer dans ces zones de non-droit, échappant ainsi à toute fiscalité.

En 2063, les deux principaux groupes implantés sur ces nouveaux territoires représentaient à eux seuls la moitié des richesses de la planète.

Usant de la pression économique, ces groupes exigeaient désormais d'être reconnus comme des états à part entière et obtenaient gain de cause après trois années de débats et d'âpres négociations.

En 2066, « l' Atlantic-Fund » et « la Pacific-Trade » étaient proclamés états-membres de l'Organisation des Nations unies.

Histoire de faire bonne figure, les deux nouveaux pays instauraient un régime démocratique. Dans la réalité, les lois de ces nouvelles nations limitaient le droit de vote et les mandats électoraux aux citoyens justifiant d'un capital supérieur à dix millions de dollars, autant dire que le pouvoir restait l'exclusivité des grandes fortunes de ce monde en perdition.

À la suite à notre périlleuse mission, l'état français nous avait alloué une pension à vie pour services rendus à la nation. Cela m'avait permis de démissionner et de consacrer toutes les années suivantes à travailler sur ce phénomène, à en rechercher l'origine et je m'étais installé un petit laboratoire à domicile.

Mitch avait lui aussi bénéficié d'une conséquente prime de la C.I.A. et avait décidé de s'installer en France pour travailler avec moi.

Son autre élément de motivation était ma fille, Doris, avec qui il entretenait une liaison sans oser me le confesser.

Julien, de son côté, participait aussi à nos travaux, mais, lui, avait conservé son emploi au labo de météorologie, ce qui était bien pratique quand nous avions besoin d'utiliser certains appareils.

Comme nos recherches piétinaient, j'avais essayé de reprendre contact avec les services secrets avec l'idée de pouvoir accéder au site des Mariannes. Même si la fosse était encore remplie d'eau, de nouvelles observations pouvaient certainement être réalisées, de nouveaux indices pouvaient être relevés.

Mes tentatives comme celles de Mitch étaient toutes restées veines, nous avions été complètement ignorés, comme si nous n'avions jamais été en contact.

Nous avions même pris un avion pour Guam, pour organiser depuis l'île une expédition au bord de la zone interdite.

Nous avions loué un hovercraft qui avait seulement pu nous conduire à la barrière de barbelés délimitant le périmètre de sécurité d'où aucune observation de la zone n'était possible.

Nous étions rentrés la queue entre les jambes et, sur le chemin du retour, Mitch m'avait avoué ses sentiments pour Doris.

Cela avait remis un peu de bonheur dans la période morose que je traversais : mes parents venaient de décéder à six mois d'intervalle, nos recherches n'aboutissaient sur rien et les actualités de fin du monde noircissaient notre quotidien. Alors, cette nouvelle était la bienvenue.

Doris et Mitch se mariaient un an plus tard et me donnaient un merveilleux petit fils, Richard, dont je suis si fier, puis onze ans plus tard, une petite Mathilde. J'étais un grand-père comblé.

Au fil des années, nos recherches restant au point mort, la routine s'installait.

Je voyais Mitch changer, revêtir peu à peu le costume du père tranquille.

Il avait désormais le nez plongé en permanence dans les revues scientifiques, au point de sacrifier toutes ses activités d'extérieur. Le surf, la pêche ne l'intéressaient plus du tout. J'avais du mal à reconnaître le jeune homme sportif et intrépide que j'avais rencontré sur un quai de la gare de La Rochelle quelques années plus tôt.

Mitch restait néanmoins mon meilleur ami et je respectais son choix de vie tant qu'il prenait soin de ma fille et de mes chers petits-enfants.

Vendredi 21 mai 2077 - 10h25
Place du marché, Fouras

On aimait bien aller au marché. En plus, comme c'était le week-end de l'Ascension, Doris et Mitch étaient partis vadrouiller en amoureux et nous avaient demandé de garder le petit.

Nous avions bien évidemment accepté, pour une fois que Mitch se décidait à sortir de chez lui, et puis, cet enfant était un tel bonheur.

J'adorais ce gosse. Il était vif, intelligent, curieux. Cette belle tête blonde aux regard bleu foncé s'émerveillait de tout, parlait sans cesse, respirait la joie. Nous venions de fêter ses dix ans et je ne pensais plus qu'à me consacrer à lui, à l'aider à bâtir son avenir.

J'avais pris ma décision la veille, les recherches, c'était fini, je ne trouverais plus. Mitch pouvait continuer s'il le souhaitait, mais moi, à bientôt soixante-treize piges, il était temps de raccrocher les gants, de me consacrer à mes proches. Et ma priorité, c'était le petit Ricky.

Nous étions devant le stand du crémier. Louisa nous achetait du « brebis ». Ce fromage, c'était le souvenir de mon grand-père. Papy savait le découper en tranches à la fois très minces et très larges. C'était dans la famille de paysans béarnais de son père qu'on lui avait enseigné cette technique ancestrale.

Alors, quand le plateau de fromages arrivait sur la table, tout le monde lui demandait de lui découper une tranche. Mon grand-père ouvrait son opinel, et d'un geste presque sacré entaillait la meule avec la plus grande des précisions. Ensuite, il nous tendait la lamelle fraîchement découpée, coincée entre son pouce et la lame de son couteau.

Le commerçant, attendri par le petit Richard qui se léchait les babines devant son appétissant étal, lui offrait un morceau de Brie. Le gamin acceptait la portion comme un cadeau divin que ses yeux, ronds comme des billes, ne cessaient de contempler.

Après le fromager, Louisa me suggérait : « Je vais emmener le petit faire un tour de manège, tu devrais en profiter pour aller voir Julien… »

Depuis bientôt deux ans, chaque fois que nous venions à Fouras, c'était le rituel, je me rendais au cimetière sur la tombe de mon vieil ami.

Julien Dumont avait passé l'arme à gauche au printemps 2075. Une crise cardiaque l'avait emporté dans son sommeil à l'âge de soixante-douze ans. Comme il n'avait plus de famille dans la région, je me chargeais d'entretenir sa sépulture.

Je m'éloignais de l'agitation du centre pour gagner progressivement les quartiers résidentiels. Le cimetière était à moins d'un kilomètre, il faisait très beau, la ballade était agréable.

Je franchissais le portail, l'enceinte était déserte.

J'adorais les cimetières. Comme mon pauvre papa disait : « Dans les livres ou les films, les morts viennent toujours de l'au-delà pour foutre le bordel. Dans la vraie vie, ce sont plutôt les vivants qui nous emmerdent…Putain d'zob ! »

La tombe de Julien était au fond d'une allée, coincée entre deux cyprès. C'était une dalle toute simple avec une inscription sommaire gravée dans la masse : « Julien Dumont 2003-2075 ».

J'enlevais les quelques feuilles mortes, écartais la mousse, histoire de redonner un peu de netteté à l'endroit, puis je me recueillais.

Je me remémorais le bonhomme, un accidenté de la vie au grand cœur. Ce n'était pas toujours évident de le supporter, particulièrement quand il faisait ses fixations et qu'il partait dans ses discours, mais il demeurait tellement attachant au bout du compte, qu'on lui pardonnait tout.

Il n'avait pas tout de suite été mon ami et aurait pu ne jamais le devenir si nous n'avions pas été réunis par cette terrible aventure. Un des points positifs de cette maudite catastrophe était au moins mon amitié avec ce vrai gentil de Julien.

J'étais dans mes pensées lorsque sa voix retentissait : « Vous savez ? Moi aussi, je l'appréciais énormément. »

Je tournais la tête. Sur ma droite, se tenait une femme d'une soixantaine d'années vêtue comme une veuve du temps jadis.

Elle portait une longue robe noire et une voilette assortie dissimulait la moitié de son visage.

Je ne l'avais pas entendue s'approcher et les mots qu'elle avait prononcés m'avaient fait sursauter.

Je la regardais sans être capable de savoir si je la connaissais. Elle me souriait et, comme pour m'aider à deviner, elle soulevait légèrement son voile en me demandant : « Vous ne m'avez pas reconnu, Lucien ? »

Sa voix m'était pourtant familière, mais impossible de me remémorer ce visage. Qui pouvait-elle être, une ancienne conquête de Julien, quelqu'un de sa famille ?

Je lui faisais part de mes doutes : « Le son de votre voix ne m'est pas inconnu, par contre, excusez-moi, mais je ne suis pas très physionomiste… »

Elle essayait de me mettre sur la voie : « Il est vrai que j'ai toujours eu le don pour changer d'apparence… »

Tout de suite, je réalisais. La seule personne que j'avais connue, capable de se fondre dans la personnalité d'une autre, c'était Isabelle, l'agent qui assistait Madame de Reech !

Quelle surprise, je n'avais plus eu aucune nouvelle des services secrets depuis presque trente ans. Que venait-elle faire dans le coin, déguisée en veuve noire, me chercher pour une nouvelle mission ? Je m'abstenais de lui poser la question, redoutant trop la réponse qu'elle pourrait me donner.

Je préférais jouer la stupéfaction de la rencontre fortuite : « Ça alors ? Vous ! Isabelle ! Ici ? Quelle coïncidence ! »

Elle prenait un air plus grave : « Ce n'est pas une coïncidence, Lucien… »

Voilà, une des réponses que je ne voulais pas entendre.

Je réalisais que ces enfoirés des services secrets voulaient me faire rempiler. C'était bien ma veine, moi qui venait à peine de décider de prendre ma retraite pour de bon.

Mais, cette fois, il était hors de question de me laisser faire. Il devait bien y avoir une loi qui ne permette pas à l'état de réquisitionner un vieux schnock de plus de soixante-dix balais dans mon genre.

Je protestais : « Je tiens à vous prévenir, Isabelle, il est hors de question pour moi de collaborer à nouveau avec vos services. Cette histoire a déjà fait trop de dégâts et je me fais vieux. Je n'ai p… »

Elle m'interrompait : « Je suis là à titre privé, Lucien. Et je ne m'appelle plus Isabelle depuis longtemps. Je ne me suis appelé comme ça que pour vous et vos amis, d'ailleurs. »

Cela me rassurait un peu, mais ma curiosité était piquée au vif, je voulais savoir : « A titre privé ? Expliquez-vous. »

Et elle m'expliquait : après notre mission, par précaution, les services secrets n'avaient pas cessé de nous surveiller et ils étaient parvenus à apprendre que je ne croyais pas un traître mot de la version officielle et que je réalisais ma propre enquête.

Isabelle m'avouait qu'elle avait beaucoup de considération pour moi et qu'elle avait trouvé très injuste que l'on me laisse travailler dans mon coin, à tourner en rond comme un vieux fou sans savoir ce qui se passait réellement.

Elle m'annonçait qu'elle aussi avait pris sa retraite depuis peu et qu'elle ne pouvait pas être sereine tant qu'elle ne m'aurait pas raconté tout ce qu'elle savait.

Elle s'était donnée pour dernière mission de venir me trouver afin de communiquer les informations dont elle disposait. C'était risqué, car elle se savait elle-même surveillée, comme l'était tous les agents une fois leur carrière terminée.

Alors, elle s'était infiltrée dans la peau d'une veuve venant fleurir la tombe de son défunt mari. Elle venait chaque semaine depuis plus de trois mois, afin de rendre notre rencontre plausible.

J'avais beau avoir été confronté à ce milieu trente ans plus tôt, je restais estomaqué par toutes ces précautions.

Ce monde n'était-il plus qu'une gigantesque partie de poker dans laquelle plus personne ne savait plus faire confiance ? Comment en étions-nous arrivés à tous avoir les yeux de la suspicion braqués sur le moindre de nos gestes ?

Ces questions, restées sans réponse, s'effaçaient peu à peu derrière mon excitation de connaître enfin la vérité. J'allais finalement savoir.

Je la suppliais de me raconter : « Abrégez mes souffrances, Isabelle. Dites-moi ce qu'on nous cache. Que sait-on au juste de ce phénomène ? »

Isabelle haussait les épaules : « Vous allez être déçu, Lucien. La vérité, c'est que l'on ne sait rien. Mais, comme ne pas savoir, c'est avouer son impuissance à protéger la population, les gouvernements ont préféré mentir plutôt que de se retrouver confrontés à des révolutions. Vous le savez, Lucien, l'histoire a prouvé que quand l'humanité se sent en danger, elle se soulève contre les institutions. »

J'avais du mal à comprendre : « Vous n'êtes pas venue uniquement pour me dire que vous ne savez rien ? »

Elle secouait la tête : « Non, Lucien. Je suis venue vous communiquer les informations confidentielles dont je dispose, en espérant que vous puissiez en faire quelque chose. Les équipes scientifiques qui travaillent actuellement dessus dans le plus grand secret n'arrivent plus à rien, à un tel point que la question d'abandonner les recherches se pose. »

Je restais dubitatif : « Et vous pensez que Lucien Vainqueur va faire sortir la solution de son chapeau avec sa baguette magique ? »

Elle souriait : « Ne vous sous-estimez pas Lucien. Madame de Reech ne vous avait pas choisi par hasard. D'ailleurs, juste après la catastrophe, elle a fait des pieds et des mains auprès de sa hiérarchie pour vous faire revenir. Ils ont eu le tort de ne pas l'écouter. D'ailleurs, c'est aussi à sa demande que je suis là, Lucien… »

J'allais de surprises en surprises : « Parce qu'elle est dans le coup, elle aussi ? »

Isabelle secouait la tête : « Vous n'y êtes pas, Lucien. Madame de Reech a été emportée par un cancer, il y bientôt quinze ans…. Mais quand elle a commencé à être malade, elle m'a fait promettre de venir tout vous raconter dès que je le pourrais… »

C'était curieux, mais la nouvelle de son décès me faisait de la peine. Je crois que j'étais très attaché à elle, même si je ne l'avais connue que quelques mois de ma vie.

Isabelle ne me laissait pas le temps de m'apitoyer : « J'en viens aux faits, Lucien, je ne peux rester trop longtemps. J'ai caché derrière la tombe de monsieur Dumont une carte mémoire, vous n'aurez aucune difficulté à la trouver. Cette carte contient des clichés haute définition de la machine qui aspiré les océans. Car c'est cela que l'on cache à l'humanité, Lucien, c'est une machine infernale qui est responsable de tout cela. J'en ai été le témoin. »

Elle laissait un silence, le temps de reprendre sa respiration : « Après la catastrophe, grâce à mes talents de pilote d'hélicoptère, j'ai fait partie des équipes qui survolaient la fosse des Mariannes. Au départ, la fosse était encore remplie d'eau, mais au bout de quelques jours, toute l'eau a été aspirée et nous avons découvert l'engin. Une sorte de gigantesque roue qui ressemble à celle des bateaux vapeur qui longeaient jadis le Mississipi, avec des palles énormes tournant en permanence à une telle vitesse qu'il est impossible de s'en approcher à plus de deux cents mètres sans être aspiré puis broyé. L'engin a des dimensions hors norme, le diamètre de la roue est de plus de cinquante mètres. Le matériau qui le constitue est un métal inconnu de couleur gris sombre, presque noir. À ce jour, personne n'est en mesure de connaître l'origine de cette machine, humaine, extraterrestre, on ne sait pas. Lors de mes survols de la zone, j'ai fait discrètement quelques photos sans vraiment savoir ce que j'en ferai plus tard. Ces clichés sont à vous, Lucien, faites-en le meilleur usage, je vous fais confiance… Adieu, Lucien… »

Elle ne me laissait pas le temps de lui dire au revoir. Elle tournait les talons et se dirigeait vers l'allée principale. Je la regardais s'éloigner avec la même démarche chaloupée que vingt-huit ans plutôt dans les coursives du ministère.

A l'intention de mon petit-fils Richard

Mon fils, la conclusion de cet ouvrage t'est destinée.

Au moment où tu découvres ces pages, tu sais que c'est à toi que j'ai confié la lourde tâche de poursuivre les recherches.

J'avais bien évidemment récupéré la carte mémoire d'Isabelle. Elle contenait une vingtaine de clichés de la machine responsable de la catastrophe.

La description qu'Isabelle m'en avait faite correspondait à ce que j'avais pu voir sur les photos. La carte mémoire contenait aussi un document indiquant une adresse électronique sécurisée, est-ce que c'est un moyen de prendre contact avec Isabelle, je ne le sais pas, je n'ai jamais essayé.

Vois-tu, ces derniers éléments auraient pu être pour moi un nouvel élan, un carburant me permettant d'avancer de plus belle à un moment où ma décision d'arrêter était prise, mais je crois que c'est trop tard, je suis trop vieux.

J'ai réalisé que la vie ne me laisserait pas assez de temps pour découvrir la vérité et je préfère te laisser reprendre le flambeau, mon fils. Tu as toutes les qualités pour y arriver. Tu es intelligent, tu as l'audace, et, surtout, tu es un homme d'action, ce que ni ton père, ni moi ne sommes, et c'est certainement ce qui nous a cruellement manqué.

Tu trouveras ces clichés et cette adresse électronique dans le disque dur que je t'ai transmis.

Je te laisse en faire ce que bon te semble, convaincu que ton instinct saura te guider sur le bon chemin.

À l'heure où tu liras ces quelques mots, je serais parti rejoindre ma Louisa, mais où que je sois et quel que soit le moment, ton papy Lucien fera toujours partie de toi.

Je suis fier de ce que tu es. Tu seras toujours dans mon cœur. Je t'aime, mon fils.

Lucien

Mardi 20 juillet 2094 – 8h45
Vol TWA Paris Los Angeles

Richard abaissait l'écran de son ordinateur comme on referme un livre sacré. Il avait tout lu, d'un trait, sans jamais relever la tête.

Ces dernières lignes lui avaient rempli les yeux de larmes, c'était comme si son grand-père mourait une seconde fois. Mais, en même temps, ces mots lui donnaient autant de bonheur que de peine, car ils lui faisaient mesurer tout l'amour et la bienveillance qui émanait de son grand-père.

Il avait parfaitement compris le message. À nouveau, il était en phase parfaite avec Lucien, comme il l'avait toujours été, mais, il était heureux d'avoir encore pu éprouver ce sentiment qui ne le quitterait plus.

Son grand-père était à ses côtés, pour toujours. Et, ensemble, ils allaient déplacer des montagnes pour connaître la vérité. Richard s'en faisait la promesse.

FIN...